# TRÓPICO DA VIOLÊNCIA

*Cet ouvrage, publié dans le cadre du Programme d'Aide à la Publication année 2024 Carlos Drummond de Andrade de l'Ambassade de France au Brésil, bénéficie du soutien du Ministère de l'Europe et des Affaires étrangères. Cet ouvrage a bénéficié du soutien des Programmes d'aides à la publication de l'Institut Français.*

*Cet ouvrage, publié dans le cadre du Programme d'Aide à la Publication 2024 Atlantique Noir de l'Ambassade de France au Brésil et de la Saison France-Brésil 2025, bénéficie du soutien des Programmes d'Aide à la Publication de l'Institut Français ainsi que du soutien du Ministère de l'Europe et des Affaires Etrangères.*

Este livro, publicado no âmbito do Programa de Apoio à Publicação ano 2024 Carlos Drummond de Andrade da Embaixada da França no Brasil, contou com o apoio do Ministério francês da Europa e das Relações Exteriores. Este livro contou com o apoio à publicação do Institut Français.

Este livro, publicado no âmbito do Programa de Apoio à Publicação 2024 Atlântico Negro da Embaixada da França no Brasil e da Temporada Brasil França 2025, contou com o apoio à publicação do Institut Français assim como com o apoio do Ministério da Europa e das Relações Exteriores.

FRANÇA BRASIL 2025

INSTITUT FRANÇAIS

AMBASSADE DE FRANCE AU BRÉSIL

*Liberté*
*Égalité*
*Fraternité*



Tradução
**Lorena Figueiredo**

Revisão de tradução
**Raquel Silveira**

Preparação e revisão
**Isabella Veras**

Capa, projeto gráfico e diagramação
**BR75 | Raquel Soares**

**Dados Internacionais de Catalogação na Publicação (CIP)**
**(Câmara Brasileira do Livro, SP, Brasil)**

Appanah, Nathacha
Trópico da violência/Nathacha Appanah; [tradução Lorena Figueiredo]. — 1. ed. — Rio de Janeiro: Editora Paris de Histórias, 2025.

Título original: Tropique de la violence.
ISBN 978-65-85778-15-2

1. Romance francês I. Título.

25-290309 CDD-843

**Índices para catálogo sistemático:**
1. Romances: Literatura francesa 843

Aline Graziele Benitez – Bibliotecária – CRB-1/3129

TRÓPICO
DA VIOLÊNCIA

Nathacha
Appanah

# TRÓP
# ICO
# DA
# VIO
# LÊNCIA

Paris de Histórias
editora

— Lá? — eu perguntei.

— Lá — respondeu-me Gatzo. — É um belo país.

**HENRI BOSCO**, *L'enfant et la rivière [O menino e o rio]*

# MARIE

Têm que acreditar em mim. De onde eu lhes falo, as mentiras e os faz de conta não adiantam. Quando olho pro fundo do mar, vejo homens e mulheres nadarem com dugongos e celacantos, vejo sonhos pendurados nas algas e bebês dormindo nas curvas das ostras gigantes. De onde eu lhes falo, esse país parece uma poeira incandescente, e eu sei que bastará um nada para que ele se incendeie.

Não me lembro de toda a minha vida, porque aqui só permanece o contorno das coisas e o barulho do que já não é mais.

Eu me lembro disso.

Tenho vinte e três anos e o trem chega, azul e sujo. Eu deixo o vale da minha infância onde fui uma coisinha fraca e perdida, esmagada pelas montanhas. Não posso mais ver o preto do inverno escorrer nas casas e nas caras, não aguento mais o cheiro de mofo no ar desde a manhã, não aguento mais minha mãe, que está perdendo a cabeça, que fala o tempo inteiro e que escuta Barbara o dia todo.

Tenho vinte e quatro anos e ainda estou fraca e perdida. Estou terminando a faculdade de enfermagem numa cidade grande. Moro em um vasto apartamento com três outros estudantes e, em algumas noites, o barulho, a luz e as conversas me parecem um buraco negro que me engole. Tenho vários amantes, transo como uma mulher que desconheço e que me enoja um pouco. Eu pego, largo, pego de volta e ninguém fala nada. Escolho trabalhar à noite, no hospital. Às vezes, deito-me nas camas desfeitas, ainda quentes, e tento imaginar como seria ser outra pessoa.

Tenho vinte e seis anos e encontro Chamsidine, que é enfermeiro assim como eu. Quando ele fala comigo pela primeira vez, acontece algo estranho em mim. Meu coração, esse órgão que estava firmemente preso no meu peito, desce no meu plexo e bate desde então aqui, no meio de mim, no centro de mim. Chamsidine tem ombros largos e consegue pegar um homem adulto no colo sem fazer cara feia. Quando ele sorri, tenho que respirar profundamente pelo diafragma para não desmaiar. Quando cai naquela sua risada alta, sinto meu sexo se abrir como uma flor e aperto as pernas. Todas as enfermeiras têm uma quedinha por esse negro alto que vem de uma ilha chamada Mayotte mas não sei por que sou eu quem ele escolhe, em uma noite de plantão. Fico tímida na frente desse homem. Tenho vinte e seis anos e caio. Ele fala comigo como se estivesse me esperando há muito tempo. Ele me conta histórias e lendas da sua terra, do que aconteceu com ele quando era pequeno, da vez em que tinha feito isso quando a mãe lhe falou pra fazer aquilo, e eu escuto em silêncio, maravilhada. Ao que me parece, o Cham viveu em uma ilha para crianças, verde, fértil, onde se brinca de manhã até de noite, onde as tias, primas e irmãs também podem ocupar o lugar de mães amáveis. Quando acordo de manhã, na cidade barulhenta, penso nesse país.

Tenho vinte e sete anos e me caso. Não me lembro do meu vestido mas me lembro da minha mãe que espera comigo na frente do cartório. O vento está tão forte que derrubou os vasos de buxo colocados no pátio pavimentado do cartório. Chamsidine está atrasado. Minha mãe me diz *Toma cuidado Marie, todos os homens são iguais*. Mas então o Cham chega, correndo, rindo.

Tenho vinte e oito anos e moro em Mayotte, uma ilha francesa aninhada no canal do Moçambique. Alugamos o primeiro andar de uma casa no município de Passamainti, a alguns quilômetros da capital, Mamoudzou. Trabalho como enfermeira noturna no centro hospitalar regional. Já Chamsidine trabalha no hospital de Dzaoudzi. Toda manhã, quando termino o meu serviço às seis horas, seja como for a minha noite, seja como for duro o meu plantão, caminho lentamente, leve, tão leve, na manhã. Desço a orla e sei que a garotinha me espera. Ela é ruiva empoeirada, os pés e as mãos são espessos como os dos obreiros, os cabelos, sujos e cinza. Espera-me sorrindo. Antes de deixar o serviço, recolho o que está largado na cafeteria, um pacote de biscoitos, uma laranja ou uma maçã. Entre ela e eu tem uma relação estranha que se construiu desde que trabalho aqui. Paro na sua frente, ela sorri para mim e dou o que tenho para dar. Ela nunca me fala nada, nem bom dia, nem obrigada, nem adeus. Estende rapidamente a mão, sinto que não quer dar a impressão de que está mendigando, além disso ela me olha nos olhos e nunca pro que deixo na sua palma. Fecha logo os dedos e esconde a mão atrás das costas. Seu sorriso se alarga levemente. É um pequeno bônus à medida desse pequeno nada que lhe dou. Não sei se ela entende francês. Nunca dei meu nome e nunca perguntei o dela. Talvez viva na casa de lata que avisto entre as árvores magras, na colina. Talvez viva escondida nos bosques, como muitas famílias clandestinas. Talvez o que eu lhe der vá ser dividido em vários pedaços. Talvez. Mas não penso muito nessas coisas. Faço o que faço, isso não me custa nada, não a obriga a ser grata, dura apenas trinta segundos, continuo meu caminho e esqueço a garotinha.

Desacelero em frente à multidão heterogênea que espera a abertura dos escritórios da prefeitura. As conversas parecem leves, o sol ainda está tímido. A bandeira azul branca vermelha tremula alto. Diante da grade fechada, ainda é tempo de ter esperança para pegar um bilhete que permita ver um agente e, enfim, explicar o seu caso, a sua vida, o porquê do como, entregar sua documentação para pedir a autorização de residência, solicitar um recibo, perguntar sobre um cartão de residência, esperar por uma renovação, uma audiência, uma prorrogação, um salvo-conduto.

Do outro lado da calçada, quase em frente, tem a outra multidão heterogênea, a do dispensário. Cem bilhetes são distribuídos por dia e certas pessoas estão esperando desde as quatro da manhã. Aqui também, ainda está calmo. Quando passo, os dois grupos quase se tocam, estou no meio, pergunto-me quantos deles, à esquerda e à direita, chegaram em kwassas kwassas, essas embarcações precárias nas quais se amontoam clandestinos vindos das outras ilhas das Comores.

Eu me lembro disto: esgueiro-me discretamente entre os dois grupos como me esgueiraria entre duas lâminas afiadas de faca e, uma vez do outro lado, não posso deixar de respirar profundamente, como aliviada.

Ainda ando até o cais; no caminho, compro bananas, pimentas, tomates. Respiro o cheiro deste país que aprecio, olho pro fundo da água, admiro as mulheres. Gosto de observar as crianças que vêm mergulhar na enseada. Elas tomam impulso na plataforma de concreto, suas pernas negras e magras como galhos correndo rapidamente. Ao chegar na beirada, jogam-se no oceano levantando os joelhos, abrindo os braços, gritando de alegria.

Quando atraca a balsa, esse barco azul e branco que faz a travessia entre Petite-Terre e Grande-Terre, avisto Cham de longe, cada dia mais bonito, cada dia mais irreal em sua maneira de ser meu.

Nós voltamos para casa, dormimos, amamo-nos e acordamos no meio do dia. Quando não estou trabalhando, gosto de olhar a noite da nossa varanda. Ela é azul em alguns lugares, negra em outros. As estrelas estão aglomeradas às centenas no céu. Gosto de ouvir o bater das asas dos morcegos. No plano do mar, pontos amarelos se movem como vaga-lumes. São as luzes dos barcos de pescadores que saem com uma lâmpada a óleo pendurada no mastro para atrair os peixes.

Tenho um desejo tão grande por este país, um desejo de pegar tudo, engolir tudo, gole de mar após gole de mar, pedaço de céu após pedaço de céu.

Tenho vinte e nove anos, e tem que acreditar em mim. A cada dia aumenta a espera, a cada dia se enche a esperança de ter uma criança. Desfio os meses com sonhos, risos e carinhos. As cantigas retornam da minha infância magicamente, *Tourne tourne petit moulin frappent frappent petites mains,*[1]

---

[1] *Gira gira moinhozinho bate bate as palminhas,* em português. (N. t.)

e a minha cabeça é uma cuia cheia de coisas que parecem alcançáveis e que, no entanto, me são recusadas. Há tantas crianças aqui, tantas mulheres grávidas, tantos bebês em tantos braços, por que não nos meus? Todos esses bebês nascidos sem nem serem desejados, enquanto eu rezo, imploro. Quando chega o sangue quente na minha calcinha a cada mês, choro e amaldiçoo todas as mães que vejo no hospital, que não sabem de nada, todas essas clandestinas que vieram parir nesta ilha francesa para terem os papéis e eu me abstenho de perguntar a elas *Mas você realmente quer esse bebê ou só quer vir para Mayotte e conseguir os papéis*? Eu mudo, incho mas só tem gordura ruim em mim, minha cabeça gira e minhas palavras azedam como leite. De manhã, todos esses miseráveis esperam seus papéis e todos os outros que esperam atendimento médico me irritam, eles são numerosos demais, barulhentos demais, isso demais, aquilo demais. Tem que acreditar em mim. Estou ficando louca, não sou mais a mesma. Cambaleio.

Tenho trinta anos e só faço isto: esperar e chorar.

Um dia, de madrugada, quando estou prestes a terminar o meu serviço no hospital, o sangue chega. Na véspera, eu tinha calculado, seis dias de atraso, e a minha cabeça, ah a minha cabeça, se vocês soubessem o que tinha na minha cabeça, eu tinha um bebê, tinha um nome, tinha histórias, *Vole vole petit oiseau nage nage poisson dans l'eau,*[2] tinha uma linda cerimônia, era uma mãe com roupas tradicionais de Mayotte e toda a família do Cham me venerava por esse bebê mestiço que teria um bom *djinn* que cuidaria dele a vida inteira.

Eu ando com cuidado, me faço leve, rezo, vou pra capelinha em Dzaoudzi e acendo três velas. Rezo tão alto que meus ouvidos começam a zumbir. Mas o sangue espesso e viscoso escorre do mesmo jeito entre as minhas pernas de madrugada e volto para casa, não pego pacote de biscoitos, nem maçã, nem laranja e, chegando na curva, eu a vejo mas não a vejo direito, só sinto esse fluxo entre as minhas pernas e gostaria de costurar esse sexo com uma linha preta grossa para que ele não escorra mais. Passo sem olhar pra garotinha e escuto *Ei! ei!* Olho para trás, e ela sorri para mim, as duas mãos afastadas assim, vazias.

Tem que acreditar em mim, eu fiquei louca. Pego um bastão e começo a correr em direção a ela gritando não sei mais o quê, talvez *Sai daqui,* sim talvez seja isso, e é como se estivesse caçando um cachorro sarnento. Ela foge rápido, não consigo segui-la no alto da costa, entre arbustos e lixo. Jogo o bastão nas suas costas. Ela grita e eu também.

---

[2] *Voa voa passarinho nada nada peixe n'água,* em português. (N. t.)

Tenho trinta e um anos e o Cham terminou comigo. Ele já tem outra mulher, uma comoriana que ele encontrou não sei onde. A puta. Ela se veste com roupas coloridas que chamo de roupas de palhaço, usa máscara de sândalo no rosto e parece uma cara de palhaço. É uma puta palhaça. Ela tem uma bunda empinada, uma pele jovem e negra. *Você quer negra agora? Você transa com clandestininhas? Minha mãe estava certa, vocês homens são todos iguais. É bom transar com negras?* É isso o que pergunto ao Cham enquanto o sangue vermelho e espesso escorre entre as minhas pernas e sua mão aterrissa na minha bochecha. Nesse momento, tem que acreditar em mim, eu gostaria que ele me batesse mais e mais para que essa mulher que grita tantas atrocidades saia finalmente de mim!

Às vezes, à noite, quando estou só em casa, gostaria de poder ouvir novamente o barulho úmido que faziam nossos corpos quando se esfregavam um no outro, gostaria de escutar o batimento das asas dos morcegos lá fora e adormecer, sendo ninada pelo leve ronco do Cham. Gostaria de poder olhar as pás do ventilador girando enquanto fazemos amor. Quando estou só e novamente fraca e perdida, finjo abraçar o corpo do Cham, sentir seu cheiro, lamber seu suor. Lavo da minha língua as palavras que machucam, engulo toda a raiva, esfrego com meu corpo a beira desse amor para que ele seja de novo liso e aveludado.

Mas o Cham não me ama mais, ele me olha com olhos apagados e uma careta nos lábios. Pede o divórcio mas eu o recuso. Ele vai embora por dias e dias e me anuncia que se casou religiosamente e eu o insulto de novo mas não quero me divorciar. Perdi toda a razão, estou sendo habitada pela minha raiva, minha frustração, minha amargura e ninguém pode me salvar. Ele me anuncia que sua puta palhaça está grávida. Eu odeio este país.

Tenho quase trinta e três anos. Às vezes me acontece de cruzar com a puta do Cham empurrando um carrinho de bebê nas ruas de Mamoudzou. Ela não tem documentos, e às vezes me dá vontade de denunciá-la como faziam as pessoas durante a guerra. Suponho que bastaria uma ligação à PAF*[3] e, depois, eu poderia esperar tranquilamente em frente à sua casa para ver como caçam essa cachorra, como a descobrem e a colocam no seu jeep, *Tchau tchau puta palhaça, volta para Anjouan, o bilhete de ida é de graça*. Mas esse carrinho de bebê vermelho-cereja me para porque, não faz tanto tempo, também sonhei em ter um carrinho assim a fim de passear pelas ruas de Mamoudzou. Então continuo meu caminho.

Tenho quase trinta e três anos e nessa noite, 3 de maio, eu trabalho. Está chovendo há vários

---

[3] Para os termos (ou sigla) seguidos de um asterisco, ver o glossário na página 197.

dias, não tem muita gente e estou na sala das enfermeiras, sozinha, lendo. Não tenho mais amigos, não vejo mais quem me conhecia quando eu estava com o Cham. De qualquer forma, não quero mais essas coisas, as noites à luz do luar, as conversas sobre o país, sobre a miséria, sobre a decrepitude. Só tem o Patrick, o auxiliar de enfermagem, que ainda fala comigo. Às vezes, quando o vejo com sua camisa florida, sua barriga caída, quando surpreendo o seu olhar de caçador nas moças negras, tento imaginar o Patrick que chegou em Mayotte há quinze anos com a esposa e os filhos. Ele tinha um cheiro de cigarro, de suor e de água-de-colônia, já havia fechado seu coração e sua cabeça, imaginava passar suas sextas à noite na boate Ninga, sentado como um nababo, cercado de jovens comorianas e malgaxes que perfumam o sexo com desodorante? Havia ao menos tentado resistir ou havia chutado o balde quando entendeu o poder que tem um homem branco aqui? Mas eu não o julgo, este país nos mói, este país nos torna seres malignos, este país nos prende entre suas garras e não podemos mais ir embora. O telefone toca e anunciam que os bombeiros receberam dois kwassas sanitários. Deixo meu livro, respiro fundo. São os que eu mais temo. Os kwassas sanitários transportam doentes, velhos, mulheres grávidas, crianças com deficiência, pessoas gravemente feridas, loucas, queimadas. Eles fazem a travessia entre Anjouan e Mayotte para serem cuidados. Vi mulheres com cânceres tão avançados que agora só existem, na metrópole, nos livros de medicina. Vi vítimas de queimaduras graves com a pele toda podre, bebês mortos há dias mas ainda no colo de suas mães, homens com pernas seccionadas por tubarões.

Tenho quase trinta e três anos, fecho meu livro e talvez nesta noite eu esqueça de fechar meu coração. Quando desço para a recepção, já tem uma dezena de pessoas, todas encharcadas até os ossos. Várias mulheres muito grávidas, uma velha com uma perna só, um adolescente saltitando agarrado a um bombeiro e ela, uma linda moça com um bebê nos braços. Reparo nela na hora, deve ter dezesseis ou dezessete anos, parece saudável, seu olhar é o de um bicho assustado, ele passa de um lado pro outro, sem nunca parar. Os bombeiros levam as mulheres grávidas à maternidade e, para variar, não penso em nada, não lhes desejo coisas ruins. O bombeiro ao qual está agarrado o adolescente vem na minha direção e me diz *Ele é louco*. O jovem começa então a rir e isso me lembra a risada do Cham. Algo forte e doce e contagiante. Indico-lhe o andar da psiquiatria. O garoto continua gargalhando e sua risada se mistura ao barulho da chuva. O bombeiro me pede para cuidar das outras pessoas enquanto esperamos a chegada da polícia. Ele se afasta rapidamente mas escuto durante um tempo as gargalhadas do rapaz.

A velha com uma perna só então se levanta, apoia-se num longo bastão que lhe serve de muleta e se direciona à saída. Ela me olha de lado mas guardo as mãos nos bolsos do meu jaleco, não tento pará-la, não a ajudo, vejo-a saltitar até a porta e desaparecer na noite de Mamoudzou, debaixo da chuva. Ela conseguiu, está na França. Faço um sinal para a moça se aproximar e pegamos a unidade número 2. Seu bebê está embrulhado em um tecido tradicional vermelho e amarelo. Não chora, não se mexe. Será que está morto? Lá fora, a chuva cai e faz um barulho de metralhadora.

Com destreza, a moça tira o bebê do seu embrulho e me dou conta de que está enfaixado como uma múmia. Será que está queimado? Ela retira as faixas que cobrem até uma parte do seu rosto. É um bebê de apenas alguns dias, está respirando, não está queimado, parece perfeito. Ele *é* perfeito. Começo a falar mas a mãe pousa o dedo nos lábios fazendo *Shhh.* Não quer acordá-lo. Ela aponta para o olho dele. Não entendo, não vejo nada, o bebê está dormindo. Ela começa a ficar impaciente, aponta para os próprios olhos depois para os meus depois para os do bebê. *Ah, seu bebê é cego?* Ela balança a cabeça vigorosamente e de repente a criança começa a se mexer, estala os lábios uma vez duas vezes como se estivesse procurando o peito, e a moça me passa o pequeno como passaríamos algo que ao mesmo tempo nos assusta e enoja. Não sei por que pego esse bebê que ela me dá e ele se espreguiça nos meus braços e que maravilha esse corpinho quente que se aconchega em mim.

O pequeno abre os olhos. A mãe se afasta contra a cama, e o que eu vejo é incrível, nunca vi isso na minha vida, só aprendi o termo exato durante meus estudos. O bebê tem um olho preto e um olho verde. Ele sofre de heterocromia, uma anomalia genética absolutamente benigna. O verde do seu olho é igual ao verde da árvore-do-pão, não, da mangueira, ah, não sei mais, é esse verde incrível que as árvores deste país às vezes têm, durante o inverno austral. O bebê me olha com esse olhar bicolor, eu falo com ele, digo *Oi bebezinho lindo*. A mãe então me diz, fazendo grandes gestos em direção ao pequeno, *Ele bebê do djinn. Ele dar azar com seu olho. Ele dar azar.*

Coloco-o calmamente na cama, levanto a grade e digo à mãe que vou buscar uma mamadeira. Quando dou as costas, ouço-a dizer *Você amar ele, você pegar ele.* Não paro, deixo essas palavras me seguirem como uma trilha maravilhosa de estrelas na noite maiotense. Durante esses poucos minutos em que vou ao berçário para preparar a mamadeira, meus pensamentos se abrem como flores na manhã, largas e felizes; eu me vejo, na minha casa, com um bebê, um berço, um tapete de jogos, livros para ler, *Petit moulin a bien tourné petites mains ont bien frappé petit oiseau a bien volé petit poisson a bien nagé.*[4] Tenho quase trinta e três anos e, finalmente, tenho uma criança.

Tenho trinta e quatro anos e tem que acreditar em mim quando digo que sou a mãe de um garoto chamado Moïse.

A bela moça não estava mais lá quando voltei com a mamadeira de leite. Lembro o que fiz. Dei comida ao pequeno, dei banho nele, vesti-o com um body estampado com elefantinhos cinzas, deitei-o num berço no berçário, coloquei uma pequena pulseira azul em seu pulso e escrevi M. nela. Liguei para o Cham. Ele atendeu no primeiro toque e me escutou com atenção, em silêncio, como eu antes escutava sua infância.

Tem que acreditar em mim. De onde lhes falo, as mentiras não adiantam. Em troca do divórcio, pedi que ele reconhecesse a criança, lhe desse seu sobrenome e falasse para todo mundo que era um filho seu com uma clandestina e que eu, sua ex-esposa, aceitava criá-lo. Um falso certificado de reconhecimento de paternidade em troca de um verdadeiro divórcio. Ele aceitou.

Que ninguém venha me julgar. Eu tirei proveito de todas as falhas deste país, de todas as taras desta ilha, de todos esses olhos fechados. E foi tão fácil,

---

[4] *O moinhozinho girou direitinho as palminhas bateram direitinho o passarinho voou direitinho o peixinho nadou direitinho,* em português. (N. t.)

acreditem em mim. Quantos homens engravidam comorianas, malgaxes e são obrigados a reconhecer as crianças? Quantos homens são golpistas profissionais em reconhecimento de paternidade? Quantas crianças são abandonadas pelos seus pais? Quantos pais negam seus filhos nos kwassas quando a PAF os intercepta? Quantas crianças, sem pais, sem papéis, brincam o dia inteiro embaixo do sol sem que ninguém pergunte nadinha?

Que ninguém venha me julgar. Conheço policiais, advogados, juízes, jornalistas que chegam neste país com grandes ideias e que se curvam bem rápido, rápido demais, diante de todas essas belas mulheres que esperam a cada esquina, nos cafés, nas boates. Quando Cham veio me dar o certificado, quase lhe falei *Olha para nós Cham. Olha como somos felizes agora.*

Tenho quarenta e três anos e Moïse, meu filho, me diz que seu maior desejo seria provar a neve. Que estranho. Ele me pergunta se é um bom desejo e respondo que sim. Eu deveria lhe contar como eu também gostava quando a neve caía sobre o meu vale afundado e, lentamente, tudo se tornava branco e silencioso e mágico. Eu deveria lhe contar como eu comia a neve a mãozadas mas não o faço, essas palavras permanecem na minha garganta e me arranham como espinhas de peixe. Moïse é um garoto cujo riso é discreto, raro, e cuja graça me emociona a cada dia. Quando ele anda, quando ele corre, quando ele faz os seus deveres de casa, quando ele brinca, quando ele dorme. De onde vem isso, da sua mãe ou do seu pai? Eu havia reparado nessa graça naquele dia em que o recebi de sua mãe e ele se espreguiçou nos meus braços, quentinho, pequenininho? Um dia, terei de falar com ele sobre esse momento mas não quero pensar nisso, não agora. Quero viver essa vida que é doce e que bebo a pequenos goles para não desperdiçar. Moïse vai à escola particular de Pamandzi, onde só tem metropolitanos ou crianças maiotenses que viveram muito tempo na França. Às vezes, acontece que lhe digam alguma coisa sobre o seu olho mas Moïse sabe pronunciar direitinho "heterocromia". Até fez, ano passado, uma apresentação sobre isso para a turma. Ele nunca pergunta nada sobre seus pais biológicos. Gosto de lhe dizer que nasceu no meu coração, que atravessei continentes e mares para encontrá-lo e que esperei muito tempo por ele. Isso lhe agrada. Moïse sempre termina suas refeições, não deixa nada no prato, e acho que isso vem de longe, essa verdade que ele carrega dentro de si e da qual não tem consciência. Essa verdade que faz com que ele raspe todo o seu prato, coma tudo de uma maçã, casca e sementes, nunca reclame, se torne leve, se faça esquecer.

Agora trabalho de dia no hospital e moro em Petite-Terre no monte de Pamandzi, de onde vejo o aeroporto, a lagoa e, de noite, as luzes dos barquinhos de pescadores. No nosso quintal tem uma frangipana, uma árvore de ilangue-ilangue, uma alamanda, uma mangueira, um pé de mamão e uma bananeira. Não muito longe de nós, há barracas de lata, chamadas bangas*, onde vivem os clandestinos, e nós trancamos bem nossa casa, colocamos grades de ferro nas janelas e cadeados em nosso portão. Agora temos um cachorro que batizamos de Bosco porque o livro preferido do Moïse é *L'enfant et la rivière*. Bosco é um vira-lata que resgatei perto do hospital. Ele é preto e tem manchas feias e cinzas no corpo, de longe parece que tem sarna, mas não, são só manchas. Fiquei me perguntando se ele também tinha chegado por kwassa, com seu dono, cabras e galinhas. O cachorro ficou perto do hospital vários dias e acabei o adotando. Cham vive na ilha da Reunião com sua esposa, que hoje em dia tem documentação e três filhos. Durante as férias de verão, às vezes o avisto mas ele vira logo a cara e eu acho que o machuquei demais para que se lembre da moça que fui e com quem ele se casou. Não tenho amigos, vivo isolada com meu filho, isso me basta. Quando pego a balsa no final da tarde, olho novamente o fundo d'água, as mulheres no barco, os ilhéus e a colina de Kaweni onde a favela se estende como um polvo. Vejo esses garotinhos vagando sem rumo, brincando na praça da feira, e penso nas mulheres grávidas que chegaram no mesmo dia que o Moïse, debaixo da chuva, e também em todas as que chegaram antes, depois. A maternidade de Mamoudzou se tornou a maior da França. O que elas fizeram com seus pequenos? Será que os deixaram com um irmão mais velho, um tio, uma tia? O que será dessas crianças na adolescência? Eu não sei.

Lá fora, um morcego troca de árvore, e o bater de suas asas me lembra de outra vida. Sorrio. Enquanto eu arrumo e o Moïse constrói, ele me diz, uma cidade inteira com seus legos, nós escutamos um pouco de música, coloco Barbara como a minha mãe, outrora. É estranho como essas coisas nos alcançam. Quando toca "L'aigle noir", esperamos nossa parte preferida da música e aí, juntos, eu na cozinha e ele na sala, começamos a cantar em voz alta *Dis l'oiseau, oh dis, emmène-moi. Retournons au pays d'autrefois, comme avant, dans mes rêves d'enfant, pour cueillir en tremblant des étoiles, des étoiles. Comme avant, dans mes rêves d'enfant, comme avant, sur un nuage blanc, comme avant, allumer le soleil, être faiseur de pluies et faire des merveilles.*[5]

Nessa noite, relemos *L'enfant et la rivière* que o Moïse ama de paixão. Nas primeiras vezes, líamos com o dicionário de imagens para que ele se desse

---

[5] Diga pássaro, oh diga, me leve. Vamos voltar ao país de outrora, como antes, nos meus sonhos de criança para colher tremendo estrelas, estrelas. Como antes, nos meus sonhos de criança, como antes, sobre uma nuvem branca, como antes, acender o sol, ser fazedor de chuvas e fazer maravilhas. (N. t.)

conta do que são os juncos, um pato, um sável, uma espinheira-branca. Moïse muitas vezes é Pascalet, Moïse às vezes é o rio. Nessa noite, está deitado de costas, o corpo delgado e imóvel, os olhos quase fechados. Sua mão esquerda está com a palma da mão virada pro céu, em cima da minha barriga. Ele escuta, conhece cada frase, cada vírgula, conhece esse livro de cor. Nessa noite será que ele ouve minha voz tremendo e se agarrando às palavras quando leio este trecho?

"Qual país? E de onde vinha Gatzo à ilha? Quem era ele? Eu me perguntava sem ter coragem de interrogá-lo, já que ele nunca perguntava nada. Porque eu também era um mistério para o Gatzo. Minha presença na ilha e minha aparição imprevista deveriam tê-lo intrigado. E, no entanto, ele não demonstrava nenhuma curiosidade por esses milagres, pelos quais eu mesmo era o primeiro impressionado.

Porque, em alguns momentos, eu pensava que estava tendo um sonho delicioso e assustador...

Será que podia, depois de tantas aventuras, me encontrar só com uma criança da qual sabia apenas o nome, nesse barco? Esse barco escondido, perdido no meio dos juncos, num braço morto do rio?..."

Eu me lembro disso. Moïse adormeceu. Olho para ele e de repente me vem esse pensamento extraordinário de que ele se parece comigo. Sim, aqui, neste lugar onde a luz noturna repousa, há alguma coisa no cair da pálpebra, no desenho da sobrancelha, no nascimento do nariz. Eu me aproximo dele e lhe falo *Boa noite meu filho*.

Tenho quarenta e seis anos e tento escrever uma carta mas não consigo. Estou encurvada, a parte de cima do corpo quase deitada no papel, como se eu esperasse que não fosse apenas minha mão que formasse as palavras, mas minha carne inteira. Moïse não está bem. Ele tem pesadelos e está irritado. Não quer mais ir à escola, às vezes o encontro debaixo do abrigo de lata, no cais de Dzaoudzi, esperando eu voltar do trabalho. Teria que falar com ele sobre aquela noite, aquela noite em que a ilha foi inundada pela chuva, aquele dia abençoado em que ele veio até mim. Não consigo dizer na sua frente, olho para ele e não consigo fazer com que as palavras saiam da minha garganta. Mas escrever também não consigo. A noite, a chuva, o kwassa sanitário que havia chegado na praia de Bandrakouni no Sul, o bebê embrulhado. Como lhe contar tudo isso?

Tenho quarenta e sete anos e me lembro dessa dor de cabeça constante. Sei que deveria ir a um médico mas não consigo. Sinto dor e penso que mereci isso. Moïse chega tarde e quando escuto o Bosco fazendo o barulho dedicado a ele, entre o latido e o grito humano, meus ombros finalmente relaxam, respiro um pouco. Às vezes, penso na casa hoje em dia vazia da minha infância e me vem essa ideia esquisita de que eu estaria bem, lá, agora. Escaparia do calor que me enlouquece, escaparia deste país que às vezes sinto fervendo de raiva, levaria o Moïse para longe daqui. Finalmente, tomei coragem para falar com ele. Para lhe contar a sua história. Comecei assim *Era dia 3 de maio, estava chovendo, sua mãe chegou de kwassa na praia de Bandrakouni.* Pensei que isso bastaria mas não, todo dia ele quer que eu fale de novo, que eu conte mais e mais, mais devagar, que eu me lembre das cores, das formas, das palavras exatas mas tenho tanta dor de cabeça e não quero ficar remoendo a mesma coisa e Moïse fica com raiva, me chama de mentirosa, quer ir à praia de Bandrakouni, mas como lhe dizer que é só uma praia, que não tem nada que esteja esperando por ele lá. Moïse, meu filho, me chama desde então de Marie e não mais de Mãe. Ele me diz que eu o criei como um branco, que o impedi de viver sua "verdadeira vida", que seu destino não era este. Ele mata aula, fica vagando, pede dinheiro o tempo todo, sente raiva de mim. Vejo isso no seu olho verde.

Tenho quarenta e sete anos e fico escutando atrás da sua porta, ele está dormindo. Bato na porta *Está na hora de acordar Moïse. Você vai chegar atrasado na escola.*

Lembro a casa no vale. Fazia frio ali. Eu estaria vestida com um roupão grosso e grandes meias.

Haveria esse silêncio tão perfeitamente espesso e macio da montanha branca. O que sabemos dos nossos corações e dessas coisas da nossa infância que nos apanham pelo tornozelo e nos voltam do avesso bruscamente? Penso no bebê de olho verde e na maneira com que sua mãe, aquela moça que parecia ela mesma uma criança, tinha o enfaixado. O que sei do coração de Moïse? O que sei dessas coisas invisíveis e poderosas que agarram seu tornozelo?

Escuto ele acordar, talvez hoje vá à escola, não use aquele boné que esconde metade da sua cara, talvez hoje ele não ande com aquele garoto sujo que ele conheceu há algum tempo, talvez hoje use com orgulho seu olho verde como usamos um talismã? Talvez hoje ele me chame de novo de Mãe? Deixo na bancada da cozinha sua tigela favorita na qual está escrito o seu nome, a dor é como uma faca aquecida que escava a minha cabeça, abro a caixa hermética onde guardo os cereais, escuto Moïse se aproximando no corredor e lá fora, de repente, vejo a minha mãe. Ela está perto da janela e me olha com olhos infinitamente tristes. Eu entendo na hora.

Tem que acreditar em mim. De onde eu lhes falo, as mentiras não adiantam. Não senti a artéria explodir no meu cérebro, não senti o último espasmo do meu coração. Tem que acreditar em mim quando digo que não me machuquei quando a minha cabeça bateu no chão e o meu braço torceu debaixo do meu corpo num ângulo estranho. Tem que acreditar em mim quando digo que fiquei de pé ao lado de mim mesma e que o pior ainda está por vir.

# MOÏSE

A cela é grande. Ela é quadrada. Na parede, em frente à porta, tem um banco de concreto. Nessa mesma parede, na parte de cima, tem uma abertura retangular onde talvez daria para um gato passar. Ou um cachorro bem magro como o Bosco.

Estou sentado no banco. Se eu levantar a cabeça, posso ver um pedaço do céu que está tão azul e imóvel que até me pergunto se não é um quadro. Essas coisas têm um nome específico, esses quadros que são pintados para se parecerem com a vida real, não me lembro mais, se a Marie estivesse aqui, ela teria...

Minhas mãos começam a tremer novamente, não deveria ter pensado na Marie. Tento encaixá-las entre minhas coxas, apertá-las sob as axilas, cruzar os dedos como se estivesse rezando com toda a minha força mas isso não para.

Eu me chamo Moïse, tenho quinze anos e, hoje de madrugada, matei. Queria que soubessem que mal toquei no gatilho, se a Marie estivesse aqui, eu teria lhe dito, teria dito assim *Mal toquei no gatilho Mãe e o tiro disparou* e ela teria acreditado em mim, mas faz mais de um ano que Marie não está mais aqui. Estou sozinho e matei o Bruce, de madrugada, no bosque. Bruce e seu coração selvagem e seu cérebro doente e sua língua de cobra, Bruce que me, que tinha me...

Eu o matei.

Ele caiu no chão com esse *han* que saiu da sua garganta como um sopro estrangulado e depois, no bosque, durante longos minutos, não houve nada além do nascer da manhã e daquela luz rosada que atravessava os galhos e caía como lâminas sobre o Bruce. A pistola estava quente, dura e pesada na minha mão. Eu a apertei forte e senti sua energia subir pelo meu braço como milhares de agulhas queimando.

Sentei no chão. Entre Bruce e eu, um tapete de folhas secas de eucalipto. Eu o imaginei ao lado do seu próprio corpo, meio morto meio vivo, com a postura que ele costumava ter quando fumava *chimique*,[6] a cabeça de lado, as mãos nos cabelos, os dedos enrolando os seus cachos crespos, sem conseguir parar com esse tique, perguntando-se o que está fazendo ali, deitado no meio de eucaliptos,

---

[6] Mistura de tabaco impregnado de álcool com canabinoides sintéticos. (N. t.)

com essa mancha na sua blusa. Será que ele está me vendo, esse Bruce meio morto meio vivo? Será que está começando a esquecer quem ele é ou, ao contrário, tudo está claro, tudo está nítido? Será que vê sua vida exposta diante dos olhos, será que se arrepende ou será que sua raiva está intacta?

Esta ilha, Bruce, nos tornou cachorros. Você que tinha escolhido o nome de um super-herói, Bruce Wayne, tinha me contado, saltitando como se tivesse molas nos pés. Bruce Wayne, o homem-morcego, porque amava morcegos, pelo menos era o que dizia porque eu nunca vi você amar outra coisa além de fumar e dominar os outros.

Esta ilha fez de mim um assassino. Lembra, você me falava *Sem piedade Mo*, e olha, Bruce, não tive nenhuma piedade de você, nessa manhã.

Coloquei a arma na minha mochila e pensei em tudo o que essa mochila carregava da minha vida de antes, da minha vida quando eu morava numa casa de tijolos retangulares e um pouco rosa, quando a noite era para os cachorros os morcegos os ladrões e eu ainda não era um cachorro um ladrão um assassino mas só um garoto com um olho verde e um olho preto. Pensei que essa arma pesada e preta estava se juntando ao meu livro, ao lenço da Marie, imaginei que essa arma preta talvez estivesse grudada à sua carteira de identidade, talvez até a ponta da arma com a qual matei estivesse apontando para a foto da Marie no canto superior direito da sua carteira de identidade. Pensei que, se agora eu enfiasse a cara na minha mochila como gosto de fazer porque imagino que as coisas do passado têm um cheiro e que esse cheiro, ao contrário dos homens e dos cachorros, é eterno, porque às vezes só me resta essa mentira de cheiro eterno para me impedir de ficar louco, pensei que, se agora eu enfiasse a cara na minha mochila, só teria o pó o ferro o sangue e que é isso, essa é minha vida agora.

Levantei e deixei Bruce no bosque. Andei mais e mais, de cabeça baixa, não olhei as ruas pela manhã, não olhei o céu, não olhei o mar, andei até aqui, esperei diante do portão e o policial abriu para mim. Eu falei *Matei um garoto, lá em cima, no bosque, na lagoa Dziani. A pistola está na minha mochila*, e o policial olhou para mim como se tivesse visto um fantasma. Na delegacia, dei indicações precisas e me colocaram aqui. Na cela.

As bordas do banco são ásperas e arranham a parte de trás dos meus joelhos. Esses arranhões não são grande coisa mas hoje, para mim que conheci as noites lá fora, as brigas com as mãos nuas, as corridas pelo bosque, o fogo de uma faca na minha cara, os dedos dos pés roídos pelos ratos, pela fome, pela solidão, pelo medo, eu estou falando daquele de verdade, o que faz com que você mije nas calças; para mim, hoje, que acabei de matar um ser humano, esses pequenos arranhões são insuportáveis.

Eu me movo na esperança de encontrar um lugar onde a borda do banco esteja lisa mas não, está assim em todo canto. Daria pra acreditar que todas as pessoas que passaram por aqui antes de mim cortaram com as unhas esse banco de concreto. Suas unhas transbordando raiva e desespero.

Eu me levanto e vou me sentar no chão. Talvez tudo tenha me deixado, o desespero, a raiva, a violência, esses sentimentos que corroem por dentro e fazem arranhar um banco de concreto, dar grandes chutes na porta, matar ou bater com a cabeça contra a parede, como fez o cara que estava aqui mais cedo.

Ele já estava aqui quando entrei. Não disse nada, só se afastou para a ponta do banco, de cabeça baixa. Sua calça fez um leve barulho de atrito contra o concreto. Ele tinha um cheiro de erva, de terra, de chuva, de vento, como se fosse a própria natureza, era muito estranho. Eu não tomava banho há não sei quantos dias e tinha matado nesta manhã. Será que temos um cheiro específico quando nos tornamos assassinos? Não olhei mais para ele, de qualquer forma, de que adianta observá-lo um pouco, perceber o que ele estava usando, como estava usando, o formato da sua cabeça ou sei lá o quê. Não disse oi, não perguntei o que te trouxe aqui. De que adianta saber de onde ele vem, como se chama ou esse tipo de coisa. Talvez seja melhor assim, não falar mais, não ver mais, não saber mais.

Eu tinha acabado de me sentar, de sentir as primeiras mordidas do banco, quando o cara se levantou. Começou a avançar devagar mas muito devagar mesmo, dava um passinho deslizando sua alpargata no chão, trazia a outra para que as duas ficassem lado a lado e depois parava, esperava não sei o quê, recomeçava com outro passinho deslizante e parava de novo. Olhei fascinado essa sua estranha brincadeira. Será que ele era doido? Será que tinha visões como aquelas que eu tivera nas últimas semanas? Quando chegou na parede, ele arrumou suas alpargatas cuidadosamente para que estivessem bem alinhadas e, de repente, começou a bater a cabeça na parede numa velocidade inacreditável. *Bum bum bum.* Levei alguns segundos antes de reagir, é estúpido, mas eu não esperava que o cara fizesse isso e, na hora, pensei que eu não tinha mais nada a ver com toda essa miséria mas me levantei do mesmo jeito e puxei o cara para trás pedindo ajuda.

Ele caiu com moleza nos meus braços, havia se tornado um pássaro morto, sem se debater, como se só esperasse por isso. Suas roupas eram macias e finas e todo o seu cheiro de terra encheu minha cabeça de repente. Dois policiais chegaram e o levaram falando *Mognye*! Mognye! Acorda, mognye!*

Os trincos rangeram, os ferrolhos estalaram, as chaves giraram. Depois de um tempo, um carro arrancou lá fora. Logo ele estaria no hospital.

As mãos firmes e sábias dos médicos sobre ele, as palavras reconfortantes de uma enfermeira que viria vê-lo regularmente, as roupas limpas e sem cheiro com as quais o vestiriam, a rádio do seu crânio, a roupa de cama branca sobre a qual ele estaria deitado, os analgésicos, os antidepressivos, os antimorte, o sono no qual cairia pesadamente, de braços abertos. Esse delicioso descanso que duraria alguns dias antes de ele voltar para cá. Para a cela.

O policial desta manhã volta. Sem minha mochila.

— Tudo bem?

Não respondo.

— Tá com fome?

Penso nas pessoas lá fora, de barriga vazia, que dão a volta em casas, barracas de churrasco, que ficam loucas com o perfume cru do frango grelhando, penso nas pessoas que se escondem atrás dos restaurantes e das padarias; e, ainda ontem, eu era uma delas.

— Posso pegar minha mochila de volta?

— Ainda não. Não quer comer nada?

— Não. Quero minha mochila de volta.

— Sim. Em breve.

A voz dele é doce e grave, uma voz de adulto que sabe das coisas, que poderia entender tudo, consertar tudo. De repente, me dá vontade de chorar. Me pergunto se ele abriu meu livro, se leu meu nome na parte de trás, se reparou nas páginas marcadas e se prestou atenção nas folhas que estão se soltando com o desgaste. Queria lhe dizer que não sou apenas um assassino, que eu era um garoto que lia livros, que ouvia música, que era um craque no Lego, queria dizer que eu não sabia lutar contra Bruce, que eu era covarde e idiota, que o medo me paralisou durante meses. Queria lhe dizer que isso, esse corpo imundo, esses trapos que me servem de roupas, essa mão que segurou a arma...

De repente escuto o *han* do Bruce. Esse barulho vem daqui mesmo, do meu lado. Olho para trás mas não tem nada. Fecho os olhos e digo:

— Eu mal apertei essa manhã. O tiro disparou.

— Você não queria matá-lo? Foi um acidente?

Vejo o Bruce surgindo dos eucaliptos novamente como uma aparição do diabo, nem me perguntei como ele tinha me encontrado, tirei a pistola da mochila e foi então que ele me chamou *Mo minha gatinha* com aquele sorriso que eu quero apagar porque sei no que ele está pensando, lembro como ele me, como ele tinha me...

— Me fala. Foi um acidente?

— Não, eu queria matá-lo.

Minhas próprias palavras giram em torno de mim como grandes pássaros com asas desmedidas e nunca houve algo mais verdadeiro na minha vida.

— Bom. Você vai encontrar o juiz hoje à tarde ou amanhã.

— Minha mochila.

— Não pense nisso agora. Descanse, Moïse.

Esse nome me deu um susto e minhas mãos voltaram a tremer. O policial vai embora mas sei que ele fica junto da porta que acabou de trancar.

Faz muito tempo que não me chamam de Moïse. Lá fora, para todos os garotos selvagens que como eu, à noite, nos seus devaneios, sonham com suas mães, eu sou Mo a Cicatriz. Ou dizem Mo fazendo um gesto rápido assim, que parte da sobrancelha e acaba na bochecha. Nas minhas costas, falam que sou o filho do djinn e que fiquei louco. Alguns acham que Mo é de Mohammed mas eu só pisei numa mesquita para roubar um pedaço de tapete, alpargatas ou para comer durante as noites de ramadã ou do Aïd.

Estou com saudade da minha mochila, e minhas mãos, contra a minha vontade, tocam de vez em quando o chão como que para ver se encontram os contornos dela. Essa mochila marrom era da Marie. Ela a usava para ir trabalhar e a carregava num ombro só. Foi feita com uma espécie de tecido sintético grosso que resiste a tudo, à lama, à chuva e até ao sol de Mayotte que faz as lajes de concreto racharem e o asfalto estourar. Toda noite, coloco ela debaixo da minha cabeça como um travesseiro. Nessa mochila tem o meu livro *L'enfant et la rivière*, a carteira de identidade francesa da Marie, uma faca que encontrei ontem na cozinha do Stéphane, e um lenço com estampas azuis e verdes que pertencia a Marie e que ela gostava de usar em volta do pescoço nas noites em que íamos comer um frango ao leite de coco no Nassuf. Ela então deixava a mochila marrom em casa e escolhia uma bolsinha de lona, bordada com fios dourados e azul vibrante. Durante quanto tempo ainda vou me lembrar dessa bolsinha, da maneira como os fios se entrelaçavam para criar um padrão em forma de gota d'água?

Ontem sonhei com a casa. Eu estava escondido debaixo do antigo parquinho infantil, no começo da estrada Moya. Camuflada por grandes mangueiras, essa área não é visível da estrada mas eu me lembro muito bem dela. A terra é esburacada e rachada. Quando chove, o terreno se transforma em um campo de lama vermelha e leva dias para que toda a água evapore. As mangueiras nessa área só produzem frutas azedas e fibrosas, e basta algumas mordidas para que causem cólicas estomacais e uma diarreia ardente. No verão, as mangas caem e apodrecem devagar. Os mosquitos e as muriçocas põem seus ovos ali. De noite, os ratos as mordiscam guinchando. Quando o sol está alto, os vira-latas magros vão dormir ali, à sombra da folhagem espessa. Nessa área, tem uma mesa de pingue-pongue de concreto. Ainda dá para adivinhar a marcação da linha da rede. Nunca vi ninguém jogando pingue-pongue em Mayotte mas, como dizia Marie, só porque você nunca viu não significa que não exista. Essa mesa me pareceu um bom lugar para dormir. No alto, afastado dos roedores e dos cachorros, com a superfície lisa e fresca. Coloquei a cabeça na minha mochila e me deitei. A noite estava silenciosa, espessa e quente. Ela me pressionava e tive a impressão de que poderia me engolir e que seria indolor e bem devagarzinho.

Tirei a faca da mochila e fiz alguns desenhos no ar como se eu pudesse cortar a noite em pedaços e levá-los à boca. Pensei de novo nas noites lá em casa quando Marie colocava o seu disco da Barbara. A noite ficava lá fora, naquela época, a noite era para os cães os morcegos os ladrões. Formei as palavras na ponta dos meus lábios *Dis l'oiseau, oh dis, emmène-moi. Retournons au pays d'autrefois, comme avant, dans mes rêves d'enfant, pour cueillir en tremblant des étoiles, des étoiles. Comme avant, dans mes rêves d'enfant, comme avant, sur un nuage blanc, comme avant, allumer le soleil, être faiseur de pluies et faire des merveilles.* Fiz isso de novo e de novo até o sono me pegar.

Sonhei que eu estava de novo em casa. Meu corpo voltou a ser o de uma criança, quente, elástico, doce. Meu rosto não tinha cicatriz. Havia música, o sol entrava nas beiradas da sala e desenhava formas no chão de azulejo. Estava tudo limpo e com um cheiro bom. Eu brincava, corria de um cômodo ao outro, pulando de uma luz à outra, de um calor ao outro.

Eu me pergunto por que uma parte de mim não quer aceitar que acabou, isso, *em casa,* as paredes sólidas de cimento, as cortinas coloridas nas janelas, as telas mosquiteiras vaporosas, o telhado de lata verde onde a chuva dançava a sarabanda, a mangueira de frutas doces no quintal, o perfume do ilangue-ilangue ao cair da noite, as refeições quentes, *L'enfant et la rivière*, a escola, os jogos, os deveres de casa, os banhos com o sabonete Petit Marseillais, as camisas brancas de algodão, os pedaços de chocolate no lanche, a letra X no jogo de palavras cruzadas, os biscoitos LU, *L'aigle noir*, os sonos profundos, os dias inteiros pensando apenas em brincar. Onde se esconde essa coisa inquebrável? Seria nessa parte misteriosa chamada inconsciente, essa palavra que Marie tinha me ensinado quando me contou sobre antes? Ela tinha me falado, Marie tinha dito assim, as mãos juntas em oração *Você talvez tenha esquecido mas está no seu inconsciente meu pequeno. O inconsciente nunca esquece.*

Eu me deito no chão frio da cela e me lembro da mesa de pingue-pongue. Talvez durma um pouco, talvez eu ainda sonhe com a noite espessa e infinita que dá para cortar em pedaços e engolir. Talvez eu ainda cante *Dis l'oiseau, oh dis, emmène-moi...*

# BRUCE

*Han.*

Tem uma mulher chorando atrás do Mo. Falo *Ei, atrás de você,* mas Mo não faz nada, ele olha pro chão aos meus pés. Nas suas mãos, ainda carrega essa porra de pistola, não sei onde conseguiu isso, deve ser seu amigo Stéphane que lhe deu. Pode ser apenas um brinquedo, não me surpreenderia vindo do Mo, covarde do jeito que é. Olho pra mulher que continua chorando e falo *Cai fora!* mas ela não se mexe, é como se não estivesse me ouvindo. Quem é essa daí? Mo tem tendência a atrair todos os muzungus*, deve ser esse seu jeito de falar francês direito com esses senhores e senhoras *s'il vous plaît.*[7] Vai se foder Mo.

Estou aqui para acertar as contas. No meu bolso tenho uma faca e sei o que devo fazer. Chega mais

---

[7] "Por favor", em francês. (N. t.)

perto minha gatinha. Não tenho medo de você, dessa sua pistola de brinquedo, quer dar uma de durão mas não sabe de nada. Você me humilhou na frente de todo mundo ontem, porra como pôde fazer isso comigo, sabe que sou eu quem tem de ganhar no ringue, sou eu quem ganha todos os mourengués*, sou o mais forte, sou o rei de Gaza.

Você escapou que nem um ladrão depois e eu sabia que ia vir aqui. Estou te esperando desde ontem à noite Mo. Lembra quando você tinha me falado desse lugar, como sua mãe, quer dizer, a mulher que você chamava de mãe, a muzungu que morreu do nada, sem que ninguém batesse nela, sem que ninguém a assustasse, essa é a típica morte de branco, uma morte de rico que tem lixos transbordando. A bweni* está em pé na sua cozinha preparando a sua tigela de cereais, você ouve *bang* e ela está morta. Essa mulher te trazia aqui, você tinha me explicado direitinho onde e como e por que com suas palavras de bom moço que foi à escola e tinha me dito que era o seu lugar preferido e acredite em mim nesse dia eu quase fui pra cima de você para te arrebentar como um mamão e tudo de você, seu olho verde seu sangue sua merda sua baba a porra da sua mochila suas bolas seu pau seu coração, queria ver tudo isso no chão, nas minhas mãos e nas paredes.

Porque você acha que eu nasci assim, com essa vontade de bater, de morder, de ir pra cima, eu também gostaria de dizer com uma vozinha e um olhar perdido qual é o meu lugar preferido neste país. Também gostaria que alguém preparasse para mim uma tigela de cereais, porra cereais nem sei que gosto têm os cereais, você acha que eu não gostaria que alguém me levasse para fazer um piquenique perto da lagoa Dziani ou no ilhéu de areia branca ali, ou para nadar com os golfinhos. Ver meu próprio país, você acha que eu não teria gostado disso?

Deveria ter te mandado embora de Gaza desde o primeiro dia, foi isso que me deixou na merda. La Teigne[8] tinha me avisado, ele tinha me dito que te deixar no bairro não era bom para os negócios. Tinha me dito que você era louco e que acabaria fodendo tudo. Deveria ter ouvido esse vira-lata. Vem Mo, vamos acabar com isso, chega mais perto, não quero ficar aqui em Petite-Terre. La Teigne e Rico já estão na barca e estão me esperando.

Você não fala nada. O que é que está olhando assim no chão e qual é o problema dessa mulher que continua chorando desse jeito. O que é que tem nesse chão que te interessa tanto...

Merda.

O que é, não estou entendendo. Mo, o que você fez, me fala que é magia, me fala que foi algo que você aprendeu porque na verdade é filho do djinn,

---

[8] Apelido, cuja tradução literal é "Micose", dado a esse personagem. (N. t.)

na verdade você tem poderes e esse seu olho verde ainda funciona, me fala Mo, vai, não farei nada contigo. Guardo minha faca, não tenho mais faca, olha para as minhas mãos elas estão vazias. Responde!

Mo não responde. Ele está sentado no chão, continua olhando para os meus pés, onde tem esse corpo que é meu corpo mas que está vermelho e que não é mais o meu porque gosto de me mexer, não gosto de ficar assim com os olhos abertos, os olhos amarelos, não gosto, preciso acordar.

Tento entrar no meu corpo, me inclino rapidamente, quero pular na minha própria carne assim como numa poça d'água e ser respingado de mim mesmo, esse corpo é meu, sou eu aí, no chão, e toda vez que penso que estou quase conseguindo saio tão rápido como se estivesse sendo sugado para fora. Tento correr, fugir, atravesso o bosque, atravesso a lagoa mas, em algum momento, sempre tem essa força que me puxa até aqui, aos pés do Bruce. Não, aos meus pés, já que sou eu, o Bruce.

Não sei mais.

O que é que estou fazendo no chão, desse jeito, como se estivesse morto? Por que essa mulher atrás de mim me olha de repente?

Você vai me pagar, Mo, pela Cicatriz, está me ouvindo, eu vou te arrebentar mas não posso chegar perto de você, parece que tem um elástico nas minhas costas que sempre me traz de volta aqui, para esse corpo morto mas que ainda jorra sangue.

Foi você quem me deu um tiro, Mo? Estou com vontade de rir, não sabia que os mortos podiam rir. Não pense que sou ingênuo. Os garotos como eu acabam morrendo mais cedo que os outros, eu sei disso. Mas se tivessem me falado no primeiro dia em que te vi, perto da barca, se tivessem me falado nesse dia que um bastardo como você me mataria eu teria rachado de rir. Ei, está me ouvindo ou o quê?

Mo não me ouve. Ele guarda a pistola na sua mochila e se levanta. A mulher que está chorando me olha por um instante e o segue. Olho pro chão e de repente não estou nem aí por estar vivo ou morto.

# OLIVIER

Escuto ele sussurrar, coloco minha orelha na porta mas não consigo entender o que ele diz, parece que está cantando.

Não posso ficar aqui indefinidamente. Não posso fazer nada por ele.

*Matei um garoto, lá em cima, no bosque, na lagoa Dziani. A pistola está na minha mochila.*

Foi o que ele me disse hoje de manhã na frente do portão, em um francês impecável. Eram apenas sete horas da manhã, já estava quente e ele abraçava a sua mochila contra o peito tremendo. Olhei para a longa cicatriz dele. Minha bochecha direita começou a estremecer mas, fora isso, não senti nada. Não estava surpreso, era como se eu já tivesse vivido esse momento em outra vida e soubesse que um dia ou outro a mesma coisa me aconteceria de novo.

Só pensei *Pronto, é agora.*

Queria ir ver com meus próprios olhos primeiro, não queria que fosse direto um pânico geral. Só falei para os dois outros colegas colocarem o garoto com aquele outro rapaz, o que não tem nem cabeça nem documentação e que os caras da PAF não quiseram manter porque "muito instável". O hospital de Dzaoudzi também não quis ficar com ele, o médico de plantão disse para mim *Aqui* não é um manicô*mio, traz o garoto para cá só se ele se machucar*. Era uma hora da manhã, não tive outra opção a não ser ficar com ele.

Telefonei para os bombeiros e por sorte quem me atendeu foi o Bacar que, igual a mim, prefere trabalhar à noite quando podemos parar de refletir e nos contentar em lembrar. Ele veio me buscar rapidamente com um veículo de primeiros socorros.

Fiquei aliviado ao ver que a loja de Misba, descendo a encosta que leva à lagoa, estava fechada. Não queria que começassem as fofocas e as aglomerações. Subimos rapidamente a costa de terra solta ofegando como os dois homens perto da aposentadoria que somos. Chegando lá em cima, fiquei surpreso por não ver o belo *faré*[9] que acolhia os trilheiros, oferecia uma grande placa explicativa e uma vista incrível pra lagoa. No lugar, só tinha quatro ganchos de ferro no chão.

— Onde está o *faré*?

---

[9] Casa tradicional polinésia, de madeira, amplamente aberta e coberta com palha. (N. t.)

— Ele foi desmontado pelos clandestinos. Deve dar para encontrar pedaços por aí em suas barracas.

Antes, nós teríamos feito piadas sobre os clandestinos que pegam tudo o que encontram no caminho, um pedaço de madeira jogado, uma laje de calçada solta, as pedras que a chuva empilha no final da descida, sua cueca velha, o marido da sua vizinha.

Nessa manhã, falamos pouco.

— Você sabe onde encontrá-lo?

O pequeno tinha me dado indicações tão precisas que daria para acreditar que morou aqui a vida inteira.

— Sim.

A lagoa me parecia mais verde do que de costume, eu tinha a impressão de que éramos intrusos num santuário. Nossas botas faziam muito barulho, levantavam muita poeira, a luz me cegava, o vento assobiava nos meus ouvidos. Mas continuei seguindo em frente em silêncio porque eu sabia que era só a minha imaginação e que a partir de agora tudo me pareceria mais escuro, mais doloroso, mais desesperado, mais pesado, mais barulhento.

Nós o encontramos facilmente e, por um momento, Bacar e eu ficamos de pé ao lado dele, em silêncio. Ele tinha tênis novos nos pés, uma bermuda verde-oliva, e sua blusa estava preta de sangue seco. Seus olhos estavam arregalados e olhavam pro céu. Era um moleque.

Não podíamos demorar. Precisávamos ligar para o comandante que por sua vez ligaria para o comissário. Precisávamos chamar os reforços. Eu já via as manchetes dos jornais: "O primeiro assassinato por arma de fogo em Mayotte".

Olhei para aquele céu tão azul e, entre os troncos esparsos, podia ver o verde espesso da lagoa. À nossa volta, havia árvores de fruta-pão, eucaliptos, mangueiras, coqueiros. O chão era de uma mistura de areia e laterita. Aqui, dizem os maiotenses, vive um djinn poderoso. Eu me perguntei se ele estava ali ao nosso lado, será que estava tentando nos dizer algo? Será que estava ali nessa manhã, de madrugada, quando o tiro disparou?

Bacar olhava fixamente pro rosto do morto. Não sei dizer se ele estava com medo, se estava se sentindo mal ou se estava triste. De repente, Bacar disse:

— É o Bruce.

— Bruce? Quem é Bruce?

— É o chefe de Gaza.

— Merda.

O vento soprou nos galhos e nós nos olhamos.

Não sei quem apelidou assim o bairro desfavorecido de Kaweni, na periferia de Mamoudzou, mas a pessoa estava certa. Gaza é um bairro de lata, um gueto, um depósito de lixo, um buraco, uma favela, é um imenso campo de clandestinos a céu aberto, um lixão fumegante que se vê de longe. Gaza é um no man's land violento onde os grupos de moleques chapados de *chimique* ditam as regras. Gaza é Cape Town, é Calcutá, é o Rio. Gaza é Mayotte, Gaza é a França.

Fechei os olhos. Talvez esperasse que tudo isso se revelasse apenas um pesadelo. Pensei *Pronto, vai começar a guerra em Mayotte.*

Já faz tempo que essa violência vem se inflando, essa onda destruidora, essa energia flamejante que sai de sei lá onde, todos esses mortos na lagoa que vão acordar hoje e gritar na nossa cara até que a gente enlouqueça. Já faz tempo que estamos prevendo a guerra, que estamos vigiando o barulho das armas de fogo e os gritos dos bichos selvagens. Já faz tempo que existem artigos, reportagens, relatórios, missões, visitas, petições, panfletos, leis, campanhas, greves, eleições, manifestações, tumultos, promessas. Já faz tempo.

É o efeito borboleta explodindo na nossa cara.

Aconteceu de eu ter esperança, depois de algum artigo publicado em um jornal metropolitano de grande difusão ou depois de uma visita do presidente bem midiatizada, de que algo mudasse. De que alguém, em algum lugar das equipes de enarques[10] que seguem os ministros, entre os historiadores e intelectuais que leem os jornais, entendesse verdadeiramente o que está acontecendo aqui e encontrasse uma solução. Não sou historia-

---

[10] Altos funcionários formados pela prestigiosa ENA (École Nationale d'Administration).

dor, não sou político, não sou nem intelectual nem visionário, sou apenas um policial, e se eu soubesse como curar este país, eu o diria em alto e bom som.

Aconteceu de eu ter esperança quando apareceu o pequeno sírio encalhado numa praia turca. Pensei que alguém, em algum lugar, se lembraria desta ilha francesa e diria que aqui também morrem crianças na praia. Eu sou apenas um policial e vi muitos corpinhos banhados em espuma e os peguei assim, nas minhas mãos, devagarinho. Às vezes, quando fico sabendo que um kwassa kwassa encalhou na lagoa, sinto um peso nas minhas mãos, como se aqueles corpinhos nunca tivessem me deixado.

No entanto, nada muda e às vezes tenho a sensação de viver numa dimensão paralela onde o que se passa aqui nunca atravessa o oceano e nunca atinge ninguém. Estamos sós. De cima e de longe, é verdade que aqui é só uma poeira mas essa poeira existe, ela é alguma coisa. Alguma coisa com seu avesso e seu lugar, seu sol e sua sombra, sua verdade e sua mentira. As vidas nesta terra valem tanto quanto todas as vidas em outras terras, não é?

Oh, afinal, talvez seja apenas uma velha história, cem vezes ouvida, cem vezes repetida. A história de um país que brilha intensamente e aonde todo mundo quer ir. Há palavras para isso: eldorado, miragem, paraíso, quimera, utopia, Lampedusa. É a história desses barcos que aqui chamamos de kwassas kwassas, em outros lugares barcas ou pirogas ou navios, e que existem desde sempre para fazer os homens atravessarem por vontade própria ou obrigados. É a história dos seres humanos que se encontram nesses barcos e que receberam estes nomes desde sempre: escravos, contratados, pestilentos, deportados, repatriados, judeus, boat people, refugiados, sem documentos, clandestinos.

Mas o que é que estou dizendo, eu sou apenas um policial que aplica a lei francesa numa ilha esquecida. Diante do corpo de Bruce, chefe da gangue de Gaza, tirano, ladrão, bandido, mantive os olhos fechados e rezei.

# MARIE

Antes, para me acalmar, eu gostava de contar as coisas. Qualquer coisa, o número de mulheres na barca, os táxis esperando, os coqueiros no boulevard dos Caranguejos. Com a unha do meu polegar, tocava as três linhas interiores de cada dedo. Mínimo 1 2 3; anelar 4 5 6; médio 7 8 9; indicador 10 11 12. Se necessário voltava ao mínimo: 13 14 15.

Eu me lembro disso, desse balé incessante e discreto dentro da minha mão, do sentimento de calma que isso me trazia. Sinto falta mas não posso mais fazer isso. Eu o vejo, o garoto ali, o que Moïse matou, ele tenta fazer alguma coisa com os cabelos mas não funciona. De onde eu lhes falo, a gente acha que tem dedos, mãos, braços, corpo, mas não é realmente assim, é como uma imagem, uma lembrança de nós mesmos que permanece.

Olho pro Moïse no chão da cela. Ele dorme e sonha com uma ilha vulcânica. Toda a ilha está coberta de cinzas e, nesse cinza todo, tem uma barraca de chapa metálica poupada. No lugar das janelas e das portas, tem faixas de tecido largas e coloridas com formas geométricas. Azul e branco pras três janelas, roxo e branco pra porta. Estampas de bolinhas e triângulos. Do lado da barraca tem uma árvore cujas folhas são tão verdes quanto o olho do Moïse. Um bebê está chorando, sua mãe grita. Não vemos a mulher mas eu a conheço, é a mesma que me entregou seu filho.

Moïse acorda e olha para mim. Antes, quando ele fazia isso, eu levava um susto, tentava lhe fazer algum sinal, fazer algo cair, correr em direção a ele, mas agora fico aqui, não faço nada. Não há nada a fazer.

Moïse dorme de novo. Volta a sonhar. Está na sua cama, tem três ou quatro anos e sua perna ficou enrolada no mosquiteiro. Ele tenta se soltar mas o mosquiteiro ganha vida, como uma serpente branca e espumosa. Sobe na sua coxa, aperta sua cintura, passa por suas costas, entre as omoplatas, agarra seu pescoço, sobe pela nuca, pela cabeça, aparece na sua testa, desce no seu olho verde. Moïse está paralisado, grita e no seu sonho eu apareço, o abraço e falo *Acabou, meu querido, foi apenas um pesadelo ruim.*

Agora eu sei que não era apenas um pesadelo ruim mas uma ressurgência do que ele sentiu quando sua mãe o enfaixou como uma múmia.

Às vezes quando dorme desse jeito, eu me aproximo dele e falo no seu ouvido. Eu lhe falo o quanto o amo, o quanto é corajoso e o quanto eu sinto por tê-lo abandonado. Penso que minhas palavras de morta podem se misturar aos vapores dos seus sonhos e que quando ele acordar de verdade, daqui a pouco, talvez possa se lembrar delas.

# MOÏSE

Eu pensava que no dia em que descobrisse a verdade sobre o meu nascimento, alguma coisa na minha cabeça faria *bam*. Que eu tremeria, começaria a refletir muito rápido, que todos os meus pensamentos se encaixariam no lugar certo como um grande quebra-cabeça finalmente resolvido e que eu me tornaria de repente um ás de mim mesmo. E que a partir desse dia ninguém mais me enganaria, eu saberia exatamente quem sou, o meu valor, do que sou capaz.

Bobagem.

Quando eu soube a verdade, eu me senti um nada, um merda, um filho que assustou a própria mãe quando saiu dela, que ela deu para qualquer um, como nomear isso? Eu estava com raiva da Marie e tinha a impressão de que ela me escondia alguma coisa, então a fazia repetir de novo e de novo e de novo.

*Era dia 3 de maio, estava chovendo, sua mãe chegou de kwassa na praia de Bandrakouni.* Era assim que ela começava a cada noite e eu buscava o erro, às vezes ela dizia *kwassa kwassa*, às vezes só *kwassa* e isso me deixava irritado, não sei por quê. Ela se recusava a me levar à praia que fica no sul da Grande-Terre e eu não entendia a sua recusa. Talvez a tenha chamado de mentirosa, de ladra de crianças. Talvez.

Mais ou menos na mesma época, conheci La Teigne. La Teigne rondava o colégio às sextas-feiras porque esperava que o Moussa, que era da minha sala e era seu "primo", fosse lhe dar alguma grana. Moussa e eu éramos amigos, mesmo que não nos falássemos muito. Ele não fazia comentários sobre o meu olho verde, não me perguntava por que minha mãe era branca, não me perguntava se eu era um africano adotado. Moussa gostava da música local, o mgodro, que ouvia em um velho aparelho de fita cassete com som distorcido, e eu fingia gostar. Eu gostava mesmo era quando o Moussa se levantava e começava a dançar, as pernas dobradas, a bunda para trás. Ele rodava, assim, com movimentos cadenciados. A cada mudança de ritmo da música, arregalava os olhos como se estivesse em transe e, depois, começava a gargalhar. Os pais do Moussa tinham estudado economia em Poitiers, na metrópole, e o combinado era que ele faria o mesmo, em Poitiers também. Na sua casa, era como na minha, bebíamos Oasis e comíamos pães de leite com Nutella.

La Teigne vinha frequentemente às sextas-feiras e esperava sob uma árvore-do-pão abaixo de uma estrada que levava ao colégio. Parecia se camuflar na sombra, como um lagarto. Quando passávamos perto da árvore, ele aparecia do nada. La Teigne falava um francês aproximativo misturado com shimaore. Moussa lhe dava um ou dois euros; se não tivesse nada, ele se virava para mim e eu procurava nos meus bolsos. Então o La Teigne ia embora sem olhar para trás, com a cabeça erguida, os ombros para trás. Moussa me contou que o La Teigne, cujo verdadeiro nome é Mahmad, era um primo distante. Os pais do Moussa não gostavam que ele andasse com o La Teigne porque ele era um clandestino. Temiam que a polícia descobrisse o seu parentesco distante e os obrigasse a acolher La Teigne. Moussa me dizia *Nós temos muitos primos, tias e tios assim, em Mayotte, principalmente em Grande-Terre. Eles vêm de Anjouan ou de Grande Comore e meus pais dizem que, se você dá algo a um, vai ter que alimentar um vilarejo inteiro.*

Essa palavra, *clandestino*, não me deixou indiferente. Se a Marie não tivesse me acolhido, é o que eu teria me tornado, não é? Um outro La Teigne, de bermuda, pés sujos em alpargatas velhas, usando a mesma camiseta há semanas. Um outro La Teigne, vadiando e pedindo esmola. Ao longo das semanas, era eu quem lhe dava grana, às vezes até uma nota quando eu tinha; comprei para ele um hambúrguer batata frita coca no Maoré Burger; íamos ver os aviões decolando em Pamandzi. Moussa nunca vinha com a gente, achava qualquer desculpa para isso. Eu gostava de estar com o La Teigne, esse garoto magro que cheirava a suor e a ferro, que não falava quase nada, e que andava de manhã até de noite. Seus pés eram grossos, largos, os dedos do pé enormes. À noite, ele voltava pra barca e dormia lá fora. Nunca tinha ido à escola. Quando queria tomar banho, mergulhava do píer de Mamoudzou. Quando queria comer, saía à procura de frutas. Ele me fascinava, eu imaginava que era meu irmão, meu primo e que ambos seríamos crianças selvagens, correndo, comendo frutas silvestres, tomando banho de rio. Quando a gente se separava em Dzaoudzi eu tinha a impressão de que ele partia pra Vida, a Verdadeira Vida, e eu voltava para uma casa de mentiras, desempenhava eternamente um papel numa peça de teatro que a Marie tinha escrito para nós.

*Eu*: Boa noite.

*Marie*: Boa noite querido. Como foi o seu dia?

*Eu*: Bom. Encontrei um clandestino hoje.

*Marie*: Essas histórias de clandestinos são terríveis. Quer jantar? Tem macarrão com presunto.

Não queria mais essa vida protegida, essa vida de branco, essas roupas de branco, essa música branca que não nos leva a lugar nenhum e esses livros que falam de juncos e salgueiros. Eu queria transpirar o suor de um homem negro, queria comer pimenta e mandioca como antes comia os biscoitos LU e geleia, queria tambores e gritos, não queria ser um muzungu, um estrangeiro. Eu queria pertencer a um lugar, conhecer meus verdadeiros pais, ter primos, tias e tios. Queria falar uma língua que enrolasse o *r* e sibilasse o *s*.

Quando penso nisso, tenho vontade de bater minha cabeça contra a parede *bum bum bum* como aquele cara que tinha cheiro de terra.

Quanto tempo teria durado essa crise? Alguns dias, algumas semanas? Quando eu tivesse atravessado o braço de mar com a balsa, quando o La Teigne tivesse me revelado sua verdadeira face, quando eu tivesse visto a Verdadeira Vida de Merda, quando eu tivesse suado o suficiente, quando eu tivesse comido e cagado pimenta o suficiente, então teria voltado tranquilamente à minha casa de concreto, minha casa de branco.

Porém, uma manhã, Marie desmoronou *bang* no chão da cozinha. Não gritei, não chorei, me agachei ao lado dela. Percebi que sua orelha estava sangrando. Ela estava com os olhos arregalados, como se tivesse visto um fantasma logo antes de cair e isso lhe dava um rosto diferente. Na minha cabeça, os pensamentos voavam de um lado pro outro e cada pensamento me dizia para fazer algo: precisa colocar o pacote de cereais em uma caixa para protegê-lo das formigas; precisa guardar o leite senão vai azedar, colar a tigela quebrada, limpar a bancada, precisa acordar Marie, ir para a escola, comer alguma coisa antes de ir para a escola, verificar se as janelas estão bem fechadas, precisa trancar a porta, abaixar o trinco, dar comida ao Bosco e deixar água para ele, apertar o cadeado até ouvir o *clac*, sacudir a corrente para ver se está segura, precisa ir agora, já está na hora.

Lá fora, havia todos os barulhos da manhã, as crianças que vão para a escola conversando, os táxis buzinando, o vizinho fechando o seu portão. Tive a impressão de que se eu não saísse também, se não aparecesse lá fora, de dia, de manhã, se não respondesse presente, a vida continuaria sem mim e eu ficaria assim, agachado ao lado do corpo da Marie, pelo resto da minha vida.

Então eu fui à escola, não sei o que fiz lá, com quem falei, não voltei para casa para almoçar, fui ver os aviões decolarem no aeroporto e continuei andando até que meus passos me levassem de volta para casa. Minha vizinha saiu nesse momento para me dizer que o Bosco não parava de latir desde de manhã. Ela estava com o pescoço e o rosto vermelhos e colocou as mãos nas orelhas quando disse a palavra latir. Dei de ombros e entrei depressa no quintal. Bosco veio até mim, esfregando-se nas minhas panturrilhas, enfiando a cabeça entre as minhas pernas. Ele emitiu vários sons de lamento *iiii iiii iiii* e comecei a chorar.

Não sei por que não liguei pra polícia, pro hospital ou pro Moussa ou até pra vizinha. Eu tinha quatorze anos, estava só, estava com medo e, mesmo que todas essas razões não sejam suficientes, é tudo o que tenho.

Durante a noite, o cheiro se adensou, se alimentando da penumbra ou dos espíritos não sei. Havia ruídos vindos da cozinha, atritos, amassos e chiados. Eu me tranquei no meu quarto com o Bosco. O cachorro rapidamente se escondeu debaixo da minha cama, eu o ouvia respirar e, às vezes, ele saía de mansinho, aproximava-se da porta e começava a rosnar mostrando os dentes. Foram horas estranhas em que tudo parecia desmoronar à minha volta, não sabia mais quem eu era, não sabia mais onde terminava a realidade e onde começava o pesadelo no qual a Marie estava morta e eu, sozinho no mundo.

Na manhã seguinte, fugi. Fechei a casa, peguei a balsa com o Bosco e do outro lado, no cais de Mamoudzou, esperei pelo La Teigne.

# BRUCE

Só você fala e fala bem hein ah isso sim você usa palavras bem limpinhas, bem ordenadas, palavras bem francesas, bem brancas. Olha para você agora. Para que te serviu tudo isso se é para acabar aqui?

Eu te olho e te odeio como quando estava vivo. Ouço todas as suas palavras, até quando você está de boca fechada, de olhos fechados, eu as ouço e também vou contar.

La Teigne tinha me falado de você, ele tinha me dito que tinha conhecido um muzungu preto, mas achava que você era africano, um negro de verdade mas daqueles que vestem calça e camisa e falam francês, não daqueles que morrem nas sarjetas em Ruanda ou no Congo ou na Somália. Ele dizia que você o seguia pra tudo quanto é lado como um cachorro, que colocava a mão no bolso sem pensar e que se chamava Mo e que tinha um olho estranho. *Estranho,* foi exatamente a palavra que esse vira-lata usou.

Agora eu posso te falar, La Teigne, Rico e eu ficamos imaginando coisas na cabeça. A gente pensou em te sequestrar, te dar alguma coisa para fumar e depois te raptar e pedir dinheiro pra sua mãe e seu pai africanos que falam francês e provavelmente saem pra trabalhar nos seus Nissans Qashqai pretos de vidros escurecidos. A gente ia te apanhar na saída do colégio. *Cuidado com o meu primo* disse La Teigne. *Vai se foder com o seu primo* respondi. A gente ia te trancar na banga em cima do morro e te amarrar bem forte para que não pudesse se mexer. Quanto você custa, Moïse? Esse é seu verdadeiro nome, Mo-ïse, tem que machucar os lábios pra pronunciar, Mo-ïse. Todo mundo tem um preço, cada coisa na terra tem um preço, qualquer coisa, diga, esse banco aí, ele tem um preço, o policial de mais cedo, ele tem um preço, você também tem um preço, e a gente pensou que ia encontrar o seu preço te analisando direito. La Teigne estava nessa missão, ficou sabendo que você morava só com a sua mãe, seu preço tinha aumentado, meu caro Mo-ïse, você era o queridinho da mamãe, ela ia pagar uma grana preta money money money mas...

Você veio até nós, minha gatinha. Estava esperando com seu cachorro no estacionamento do mercado, como conseguiu ter um cachorro tão feio eu não sei, e a gente te observava há um bom tempo, estamos em casa aqui, é o nosso território.

A gente te olhou o dia inteiro sabe. Se soubesse o tanto de coisa que a gente descobre sobre uma pessoa apenas a observando tranquilamente! Você esperou na sombra, não suporta o sol, sua mãe te protegeu a vida inteira hein, protetor solar e coisa e tal. Você não tirou nem por um segundo aquele seu boné de merda no qual estava escrito NY. O que é NY? Uma banda? Uma loja? Você foi passear algumas vezes no mercado, voltou com uma sacola e algumas bananas que comeu na sombra. Deu um pouco pro seu cachorro nojento, alimentou-o com os seus dedos, porra, que nojo. Você bebeu duas garrafas de água, foi mijar no Caribou Café e lá pediu um pain au chocolat. Subiu até a livraria e olhou a vitrine por um bom tempo balançando a cabeça de um lado pro outro, não sei o que você estava fazendo. Voltou para o estacionamento, esperou mais um pouco e depois foi comprar um pão recheado com frango que você comeu pela metade e, merda, deu a outra pro seu cachorro. Então eu soube que tipo de cara você era. O tipo que é cego à miséria, que sai de férias, que tem ar-condicionado no quarto, que tem lixo transbordando, o tipo que nunca conheceu a fome, que não sabe de onde veio, o tipo que esqueceu que é negro. Se estivesse perto de mim, eu teria quebrado a sua cara. À tarde, você ainda ficou vagando, uma hora eu achei que fosse pegar a balsa de volta mas mudou de ideia, comprou outro pain au chocolat, mas quando é que você vai parar de comer, e foi se sentar. Durante a tarde, os policiais chegaram, eram dois no carro como sempre esses viados, eles desceram e tinha uns moleques ali vagando em torno do mercado, em torno dos carros e eles desapareceram, *puf*. Você ficou sentado acariciando o seu cachorro, esperando. Não tem medo dos policiais. Um verdadeiro muzungu, me diz. Começou a encher de gente, os escritórios estavam fechando, o mercado também e dei o sinal. La Teigne desceu, eu o segui e, ah, quando você viu o La Teigne eu achei que você fosse pular nos braços dele ou abraçá-lo, qualquer coisa do tipo. Foi então que vi pela primeira vez o seu olho verde e tive vontade de dar um chute na bunda do La Teigne. Como ele não percebeu que você tinha um olho verde! Porra! O olho do djinn!

Tá vendo, Mo, não dá para acreditar em tudo o que você vê, não dá para acreditar que eu não valia nada. Não acredite em todas essas besteiras sobre menores desacompanhados como dizem as associações e as ONGs e os comitês e os socorros e as cruzes, esses daí nunca entendem nada.

Eu nasci aqui. De todos esses garotos, sou o único maiotense de verdade, tenho meus documentos, pode me pedir qualquer um, tenho todos, certidão de nascimento, carteira de identidade, tenho até um passaporte da República Francesa. Lá em casa, a gente fazia nossas orações na mesquita e íamos colocar garrafas de água-de-colônia na pedra dos djinns em Longoni. Meu pai tinha me contado que uma mulher possuída por um djinn sempre dá à luz crianças estranhas. Elas são muito peludas ou muito altas ou têm olhos verdes. É um grande presente mas pode ser uma grande maldição para quem não sabe usá-lo. Está vendo, eu acredito nessas coisas, olho para o céu para ver se os morcegos não estão voando muito baixo, olho para o mar para ver se ele não ficou marrom, olho a cor dos olhos dos outros e se eles têm muitos pelos nos braços. Essas crenças se transmitem de pai para filho e é assim que meu pai vive em mim e também o pai do meu pai e meus ancestrais, os primeiros, os escravos. Não tenho vergonha de falar que sou descendente de escravos. Não passo o meu tempo choramingando que nem você, me perguntando por que eu, por que é assim, o que eu fiz.

Puxei o La Teigne para trás e perguntei a você *O que você quer?* Seu cachorro começou a rosnar e tive que me segurar para não chutar a cara dele. Você respondeu *E quem é você?*

Ha ha. Que filho da puta.

La Teigne começou a falar metade francês metade shimaore, não fazia sentido. Mandei o La Teigne se acalmar. E aí te respondi *Me chamo Bruce e sou o chefe de Gaza.* Você me olhou com seu olho preto, seu olho verde e meu coração, eu te digo, não me importa mais já que estou morto, começou a bater muito forte. Na minha cabeça os pensamentos começaram a girar muito rápido como foguetes e eu não conseguia apanhar nenhum, eles estouravam *bum bum bum*. Seu olho me confundiu. Minhas mãos encontraram minha cabeça, meus dedos encontraram meus cabelos e comecei a enrolar os cachos e isso me acalmava. Precisava fumar um para pensar melhor. Dá água na boca só de pensar. Precisava fumar um. Esse baseado, eu o via, vinha na minha direção em câmera lenta como nos filmes, queria comê-lo inteiro de tanto que gosto disso, mas não devagar, aquele primeiro trago, devagar, faz *ssssh* quando puxo, *fuuu* quando solto. Procurei nos meus bolsos por costume. Estavam vazios como de costume. Você disse *Tenho dinheiro*. A balsa se aproximava. Ouvi de longe a sirene uma vez duas vezes.

*Tenho dinheiro.*

A sirene tocou uma terceira vez, me acordou e eu disse *Vamos nessa.*

# MOÏSE

La Teigne estava na frente, Bosco e eu no meio, Bruce ficou na retaguarda. Eu não fazia ideia alguma do que estava fazendo, aonde estava indo. Tinha esperado o dia inteiro, e ninguém, nem uma mulher, nem um homem, nem um policial, tinha me perguntado o que eu estava fazendo ali, com um cachorro. Estava cansado e perdido mas eu sabia que não queria voltar para casa. Marie. No chão. O cheiro. Os roedores. As formigas nos cereais. O leite azedo. Os barulhos. Os uivos de Bosco. O vazio da noite. Não.

Atravessamos a praça do mercado, as pessoas saíam de todos os lados e iam em todas as direções. Tinha todo aquele barulho ecoando na minha cabeça, na minha barriga. Viramos à direita e caminhamos ao longo de uma mureta estreita que separava a estrada do manguezal. Este crescia na terra ou na areia preta, não sei. Ao longo da mureta, do lado do manguezal, havia sacolas de plástico, sapatos velhos, trapos, fraldas usadas, fios elétricos coloridos. O sol estava se pondo e, nesse dia que inicialmente se tornou azul-cinzento, depois totalmente cinzento, comecei a me sentir oprimido. Eu me sentia tão vulnerável, tão pequeno, seguia em frente nesse claro-escuro apertando a coleira amarela fluorescente do Bosco nas minhas mãos. A noite caiu muito rapidamente como um cobertor grosso sobre nós. Os barulhos dos motores. Os estampidos das motos. Os gritos que eu não sabia se eram amigáveis ou ameaçadores. As caras fechadas, iluminadas repentinamente pelos faróis dos carros. Todas aquelas pessoas caminhavam, na mesma direção ou na direção contrária, em direção a Mamoudzou.

Eu não me atrevia a falar, não me atrevia a olhar para trás para ver se o Bruce ainda estava atrás de mim, só observava onde pisava. Não sei o que mais me assustava, cair à esquerda sob as rodas de um carro ou cair à direita na terra-areia preta e suja do manguezal. Porém eu continuava porque, toda vez que pensava em fazer o caminho de volta, lembrava o que estava à minha espera, lá, na casa em Petite-Terre.

Chegamos em Kaweni, à margem de Mamoudzou. Agora, de cada lado da estrada havia empresas, fábricas, restaurantes e finalmente um pedaço de calçada, postes de luz. Continuamos no barulho, na poeira, sem pressa. No que eu estava pensando? Em nada, na verdade. Olhava à minha volta e continuava andando como se não tivesse escolha a não ser dar um passo após o outro, puxado pelo La Teigne, empurrado pelo Bruce. Eu andava.

Em um cruzamento, o Bruce subitamente atravessou a estrada e foi conversar com alguns jovens tranquilamente sentados debaixo de um candeeiro de rua. Depois voltou, a cara dele não mostrava expressão alguma. Ele me perguntou quanto eu tinha, respondi *50*. Enfiei minhas mãos nos bolsos e também tirei duas moedas, uma de 2 euros e outra de 20 cêntimos. Então eu especifiquei *52 euros e 20 cêntimos*. Bruce começou a rir e pensei que ele realmente tinha muitos dentes e que estes eram bem brancos. Ele estendeu a mão e lhe dei tudo, as duas moedas e a nota. Ele atravessou a estrada novamente e se aproximou dos jovens. Sob a luz amarela do candeeiro de rua, os jovens se levantaram e, em um movimento ágil, puxaram o Bruce. Olhei para o La Teigne que olhava fixamente para o lugar onde o Bruce desaparecera, no meio desse grupo. Ele estava de braços cruzados e cara fechada, não parecia ter quinze anos, me parecia um homem sem medo. Pensei que eu devia fazer a mesma coisa, contrair os músculos do meu rosto, cruzar meus braços, olhar fixamente para um ponto.

Eu me lembro dos longos minutos em que os carros passavam rápido, fazendo roncar os motores. As motos iam e vinham, os homens continuavam andando dos dois lados da estrada e debaixo do candeeiro, do outro lado, os jovens em pé olhavam em volta, sem se mexer, sem demonstrar nenhuma emoção. Bosco tinha se agarrado aos meus tornozelos, eu o sentia tremer um pouco. Eu me abaixei, acariciei suavemente seu flanco esquerdo e podia sentir sua pele fina se mover sobre seus ossos. Sussurrei *Bosco, Bosco meu bom cachorro,* e pensei que essas palavras talvez lhe lembrassem a casa, o terraço onde ele gostava de dormir na sombra e a grama alta de verão na qual ele gostava de brincar.

De repente os faróis de um carro desenharam a silhueta do Bruce, do outro lado da rua. Segurava uma sacola de plástico na mão. Eu me perguntei há quanto tempo ele estava ali me olhando acariciar o Bosco porque eu tinha certeza de que era eu quem ele estava olhando e não o La Teigne, e não os carros que passavam, e não as pessoas que continuavam andando, e não o letreiro piscante da empresa de telefonia móvel que estava atrás de nós. Tive a impressão de ter sido flagrado e me levantei bruscamente, meu coração acelerando imediatamente. Bosco também se levantou, rosnando.

Fomos ao seu encontro e entramos em Gaza. Não sei quem apelidou esse bairro de Kaweni de Gaza, nem sei se eu sei onde fica a verdadeira cidade de Gaza mas sei que não é coisa boa. Será que se essa pessoa tivesse apelidado esse bairro com um nome suave, um nome sem guerra, um nome sem crianças mortas, um nome como Tahiti que tem cheiro de flores, um nome como Washington que tem cheiro de grandes avenidas e pessoas de terno e gravata, um nome como Califórnia que tem cheiro de sol e garotas, será que teria mudado o destino e a mente das pessoas daqui?

Gaza estava em preto e branco naquela noite. O branco das túnicas dos garotinhos que estavam indo orar ou que estavam voltando, o preto dos esgotos nos quais eu tinha medo de cair, o branco dos baldes e das garrafas de plástico alinhadas perto do ponto de água, o preto dos rostos e o branco dos olhos. Senti o cheiro do Gaza de Mayotte e hoje eu sei, sem nunca ter viajado, que é o cheiro dos guetos do mundo. A urina azeda das esquinas, a velha merda dos esgotos, o frango grelhado sobre velhos barris de petróleo, a água-de-colônia e as especiarias diante das casas, o suor fermentado dos homens e das mulheres, o mofo da roupa úmida. E o barulho incessante que cobre meus pensamentos, lembranças, sonhos. A música dos carros que passam com as janelas abertas e a que escorre dos andares das casas, o muezim que chama para a oração, uma TV transmitindo a previsão do tempo, os gritos das crianças brincando, os choros dos bebês com fome e que não dormem de tanta fome, e eu andava no meio de tudo isso, segurava a coleira do Bosco apertada na palma da minha mão como se, sem ela, fosse eu quem escorregaria em um esgoto preto cheio de sei lá o quê, eu seguia o Bruce que se movia como um dançarino, que passava por lá, depois virava pra cá, depois bifurcava por lá. Ele entrou em uma garagem, havia uma lâmpada amarela suja no teto, a metade de um carro no chão preto, cheirava a gasolina e a metal, isso me fez ranger os dentes. Em um canto, um homem comia um pedaço de mandioca, ouvi seus dentes morderem e racharem nessa raiz dura e eu, do alto dos meus quatorze anos, tive vontade de lhe dizer *A mandioca se come cozida, tem que cozinhar primeiro.* Ele nem olhou para nós. Saímos e descemos pela ravina, o Bruce não olhou pra trás sequer uma vez pra ver onde eu estava, talvez ele quisesse me perder mas eu nunca estive tão atento e ágil. Meus pés afundaram em algo mole, escorregadio, era o leito da ravina e não era água que estava fluindo ali. Dei uma olhada para a esquerda e para a direita, havia algumas luzes aqui e ali, uma fogueira mais abaixo e sombras sobre as chamas mas tínhamos que seguir em frente, estávamos em uma encosta de terra que era escorregadia sob meus tênis, que fedia sob meus tênis, um cheiro de merda em mim, tropecei, uma pedra, uma faca, eu a senti entrar no joelho, mas, como eles, fechei minha boca e continuei subindo. O barulho diminuiu, os cheiros do gueto se dissiparam, quando eu estendia a mão, podia tocar folhas, galhos, meu coração pulava dentro do peito, eu estava com medo e animado ao mesmo tempo, o Bosco corria ao meu lado, sua coleira amarela brilhava na noite, eu escalava em direção ao céu de Gaza onde me esperava não sei o quê, não sei quem.

Chegamos em frente a uma banga e Bruce abriu a porta, entrou. De repente, tudo ficou muito calmo, Bruce e La Teigne se sentaram no chão, em cima de colchões. Rico, outro cara, chegou e se instalou também. Tinha uma lâmpada no teto e um fio elétrico pendurado, que formava um U no ar e desaparecia na penumbra. Minha calça jeans estava rasgada, tinha sangue, terra, meus tênis estavam pretos de sujeira. Bebemos uma garrafa de Oasis sabor tropical direto do gargalo. Pedi água para o Bosco e os meninos me olharam como se não tivessem entendido o que eu tinha acabado de dizer. Então o Bruce deu uma cotovelada no La Teigne, que se levantou e sumiu na outra sala do barraco. Voltou com uma garrafa de coca cheia de água e a metade de uma casca de coco. Segurei o coco diante da boca do Bosco para que ele bebesse e os três garotos ficaram me observando, de boca aberta, como que fascinados. Bruce perguntou *Seu cachorro é bravo*? Respondi *Não, de jeito nenhum, ele é muito gentil*. Bruce então riu como antes e disse *Ah, que pena!* La Teigne começou a rir também, um som metálico saía da sua boca, e me perguntei como nunca tinha ouvido isso antes, mas acho que o La Teigne nunca tinha rido antes e parou de repente quando Bruce parou de rir. Dividimos duas baguetes e uma lata de atum. Dei metade da minha parte pro Bosco. Bruce me perguntou *Você divide tudo com o seu cachorro?* Respondi *Sim né, ele tem que comer*, e Bruce não riu dessa vez, só me olhou balançando a cabeça e repetindo minhas palavras *Ele tem que comer, ele tem que comer.*

Depois eles colocaram rap americano com muitas palavras do tipo *nigga, fuck, ghetto*. Bruce gostava dessas palavras. Pensei por um instante no mgodro que meu amigo Moussa gostava de ouvir mas essa lembrança parecia vir de outro tempo. Durante a música, Bruce esvaziou três cigarros em uma folha de papel. O tabaco fazia um montinho bem nítido, como um morro minúsculo. Depois ele tirou da sacola de plástico um pacotinho que desenrolou com cuidado. Tinha três pílulas dentro. Colocou-as do lado do montinho. Tirou outro pacote, mais grosso, que também desenrolou com cuidado. Esse continha erva. Eu lembro que os dedos do Bruce eram ágeis e se moviam com muita graça de um monte para outro. Ele esmagou os comprimidos com o cabo de um facão, depois esfregou a lâmina sobre o pó várias vezes com um movimento regular para que o pó ficasse bem uniforme. Sobre as sedas, distribuiu o tabaco, a erva e o pó das pílulas brancas. Fazia isso como um cozinheiro, uma pitada disso uma pitada daquilo. La Teigne estava de pé, saltitava e de vez em quando Bruce lhe lançava um olhar e ele se acalmava por um tempo. Bolou vários baseados e me entregou um dizendo *É um bom* chimique *do papai Bruce,* e, quando eu lhe agradeci, ele disse abaixando a cabeça com uma reverência exagerada *Não, obrigado a você, Mo.* La Teigne e Rico repetiram *Obrigado a você, Mo.*

Eu os vi fumarem primeiro, depois acendi o meu baseado, me lembro que o Bosco fez *iii iii iii,* e talvez meu cachorro quisesse me dizer alguma coisa mas aproximei o baseado dos meus lábios e puxei. Depois, foi outro mundo no qual mergulhei de cabeça.

Estou deitado e Marie está acima de mim, ela me diz *Acorda, Moïse, você vai chegar atrasado na escola.*

Estou deitado e ouço Bosco arranhando a porta. Digo para Marie *Ele está com fome,* mas Marie não está aqui, é o Bruce quem está aqui e quem me diz *Ele tem que comer, né.* Depois ele começa a rir.

Estou de pé e canto com palavras que não entendo. *Nigga nigga nigga nananana fuck fuck fuck nananana.* La Teigne está no chão, ele ri com seu riso metálico, e eu me aproximo dele e lhe digo *nigga nigga nigga.* Ele ri de novo. Dou um tapa nas suas costelas. Ele ri mais ainda.

Mijo lá fora, cago lá fora e uma mulher passa. Não é Marie, é alguém que não conheço. O sol invade o céu e está tão quente que fico pelado. A mulher começa a gritar.

Fumo mais e bebo o Oasis que está com um gosto estranho. Bebo na meia casca de coco do Bosco mas o Bosco não está aqui, eu o chamo mas meu cachorro não aparece, deve estar chateado. Era Marie quem dizia isso quando ele não queria aparecer, *Bosco está chateado*. De repente, escuto a minha voz, será que sou eu será que é outra pessoa será que é uma lembrança, *Mãe! Mãe!* e quero sair da banga mas não posso, não tem portas, não tem janelas.

Estou de pé e recito. "Quando eu era bem criança, nós morávamos no interior. A casa que nos abrigava era apenas uma pequena fazenda isolada no meio dos campos. Ali vivíamos em paz. Meus pais mantinham com eles uma tia-avó paterna, Tia Martine." Bruce começa a rir quando escuta "Tia Martine" e eu canto *Tia Martine fuck Tia Martine Tia Martine iz a nigga*, e canto rap como se fosse o maior rapper de todos os tempos. Mo Tupac Mo Jay Z Mo Dr Dre. E o Bruce ri tanto que chora. E eu, Moïse, tenho quatorze anos, fumo, bebo, canto e danço com os amigos, não tenho passado, nem futuro, estou feliz.

# BRUCE

Gostaria que você se calasse e fechasse essa boca mas sua boca está fechada e no entanto te ouço tão alto e tudo o que conta vem direto para cima de mim como a bala no bosque quando você atirou em mim. Me pergunto onde está meu corpo, ainda está lá em cima? Você me abandonou como abandonou sua mãe ela estava apodrecendo ali mesmo estava sendo devorada pelos ratos gordos como gatos e seu corpo estava inflando como um balão e o cheiro você se lembra do cheiro, você que fala de Gaza como todos esses brancos falam de Gaza, você fala da merda fala do lixo fala da miséria como todos esses jornalistas que vêm na nossa casa como vão no cinema, depois contam escrevem grandes palavras como *a maior favela de Mayotte* como *o lixão a céu aberto*. Você também fala e pensa assim.

Se soubesse como era antes, a ravina de merda da qual fala. Uma floresta verde no topo, uma floresta aonde meu pai minha mãe meus irmãos e eu vínhamos toda semana. Não tenho as mesmas palavras que você, Mo, não tenho grandes frases na minha cabeça mas frequentemente penso naqueles anos. Tenho oito anos nove anos dez anos, vivo na casa do meu pai no morro de Mamoudzou não tenho fome vou à escola francesa durante o dia e vou à madraça à noite. Na escola francesa me ensinam *je suis tu es il/elle/on est nous sommes vous êtes ils/eles sont* e as professoras são magras e brancas e dizem vocês são franceses, *allons enfants de la patrie,* e não usam um bastão para bater quando você faz uma besteira mas te acariciam os cabelos dizendo danadinho. Na madraça a gente se veste de branco e recita o Corão e se a gente erra *fachak* leva um golpe de galho de mangueira mas não faz mal a vida é assim e nos dizem vocês são muçulmanos e eu vivo assim, maiotense francês muçulmano sei lá nunca tenho fome. Sou o único dos filhos do meu pai a ir à escola porque sou o mais novo e meu pai pediu que o djinn do morro zelasse por mim. Vou brincar com os amigos vou comer na casa dos amigos subo nos coqueiros nas mangueiras nunca tenho fome tomo banho na ravina e minha mãe e minhas tias lavando a roupa me falam para ir tomar banho mais para cima e não na água ensaboada mas gosto do cheiro do sabão e da água que fica branca eu tomo banho e minha pele coça e descasca por causa desse sabão comprado em barras na Sodifram mas nunca tenho fome, Mo, nunca tenho fome.

É sexta-feira e observo meu pai atrás da porta. Estou vestindo minha linda túnica bordada com fios dourados e espero meu pai que também chega vestindo sua linda túnica de sexta-feira e vamos ver o djinn. Descemos a ravina, atravessamos a água clara que faz *clap clap clap* contra as rochas ainda brancas de sabão e meu pai diz *Levanta a sua túnica* e levanto a minha túnica e subimos até o pomar e *Shiu* diz meu pai e eu ando devagar estou orgulhoso de estar com ele, não há nada aqui além de árvores frutíferas e lianas e árvores tão grandes que até me dão um pouco de medo. Meu pai tira da sua pochete um potinho de mel e um ovo e os deixa perto de uma grande árvore. *É para os Wanaisas,* ele me diz, *você conhece?* Respondo o que aprendi na escola corânica *Os Wanaisas* são *homenzinhos peludos com os pés virados para trás e o braço esquerdo grande que guardam a floresta e o leito dos rios.* Meu pai me olha sorrindo. Ele aponta uma árvore para mim, diz pra eu nunca colher aquelas frutas quando a noite cai e *Ali,* aponta de novo, e quando ele faz assim com o braço para apontar o topo das árvores, sua túnica revela seu lindo relógio, *Ali nunca se deve cortar essa árvore mesmo se ela estiver doente tem de deixá-la morrer aqui e ela se tornará poeira e sua poeira servirá aos Wanaisas e no lugar dela haverá outra árvore, ainda mais bonita.*

Nós andamos lentamente, e eu gosto de olhar a água que escorre entre as duas escadas de pedra.

Essas escadas datam de tanto tempo que já estavam aqui quando meu pai era criança. Meu pai não deixa que eu venha mergulhar aqui e todos os meus amigos vão, observo, eles me dizem *Vem covarde* mas nunca vou respeito a minha palavra, Mo, eu vejo subirem a escada e pularem na bacia e gritarem e rirem mas nunca vou. Depois das escadas, há outras árvores e um pouco mais adiante uma grande bacia hidrográfica verde. Meu pai então pega a garrafa de água-de-colônia, leite e biscoitos. A água é verde como o seu olho a porra do seu olho que me deu azar e meu pai faz orações e se prosterna sua túnica fica suja e eu sei que minha mãe a lavará no dia seguinte fazendo *chick* com a boca apertada mas meu pai não se importa. Toda sexta-feira meu pai e eu vamos ver o djinn e meu pai pede que ele zele por mim, reza para que eu vá longe atravesse os mares use um terno uma gravata e fale bem francês e escreva bem em francês para que um dia eu trabalhe em um escritório, ele diz isso o pobre do meu pai. Meu pai me avisa *Esse djinn te olha, esse djinn te observa e o mal que você faz ele vai fazer a você também e o bem que você faz ele vai fazer a você também,* e quando eu era pequeno olhava por cima do meu ombro mas não pulava na bacia com os meus amigos porque o djinn observava cada um dos meus movimentos.

Eu tenho oito anos nove anos dez anos e me chamo Ismaël Saïd, gosto de ouvir os morcegos nas árvores e me imagino voando como eles, ficando de cabeça para baixo e vendo um outro mundo talvez seja idiota mas meus pensamentos são assim. Um dia em uma associação criada pelos muzungus que se chamava "As crianças de Mayotte" nos fizeram assistir ao filme *Batman* e entendo então que sou Bruce Wayne, eu o sinto em mim, imito sua voz e sua raiva e quero pintar tudo de preto e ter uma capa e essas bobagens.

Tenho oito anos nove anos dez anos e não tenho fome mas não tenho cadernos o suficiente e não entendo tudo, eu tenho tu tens ele/ela/você tem nós temos vós tendes eles/elas/vocês têm, não entendo os nomes próprios e os nomes que não são próprios e estou cansado na sala de aula porque faz tanto calor na sala da casa do meu pai onde dormimos todos que eu nunca consigo dormir e não tenho tempo o suficiente e não sou inteligente o suficiente dizem as professoras que são magras e brancas e o diretor diz a mesma coisa ao meu pai que se cala de vergonha. Ele veste uma calça de algodão preto e uma camisa de listras azuis nesse dia e não colocou o seu kofia* na cabeça para ir ver os franceses e meu pai acha que é por causa da minha entrada no ensino fundamental II que ele está convocado e antes mesmo de ir fica orgulhoso mas o diretor diz *Não ele não foi feito para essa escola ele ainda tem dificuldades ele não está feliz aqui, não será feliz no ensino fundamental II* e esse diretor lhe dá o nome de uma escola especializada para crianças com grande dificuldade de aprendizagem eu nunca me esquecerei disso *Com grande dificuldade de aprendizagem* e ele diz *Ismaël se sentirá melhor lá* meu pai se vira para mim e nos seus olhos tem alguma coisa que se quebra. Começo a gritar, gostaria de pular em cima da mesa e agarrar o diretor pelo pescoço mas ele se levanta e diz *Veja por si mesmo senhor, ele não foi feito para o ensino fundamental II.*

Tenho oito anos nove anos dez anos e me recuso a ir nessa escola para deficientes eu choro eu grito meu pai me bate minha mãe me bate mas me recuso a ir com aqueles que babam e desenham o dia inteiro e toda tarde vou esperar o diretor porque quero falar com ele para que ele mude de opinião mas quando o vejo quero bater nele quero bater em toda a sua família e um dia eu atiro uma pedra em suas costas e uma segunda e uma terceira e depois eu não sei mais.

Tenho dez anos onze anos e roubo um euro da carteira da minha irmã mais velha. Meu pai me amarra em uma cadeira e cada membro da minha família vem me dar um ou dois tapas na cara. Meu pai diz que, se eu fizer de novo, vai me amarrar na praça do vilarejo. Isso não me importa mais, não sou mais um garotinho não sou mais Ismaël Saïd agora eu me chamo Bruce, eu pulo na bacia eu corro o dia inteiro eu durmo debaixo das varandas das casas que não conheço e eu sinto fome. Não sei quem me dá um cigarro e uma coca, depois um cigarro e uma cerveja. Roubo frutas e as vendo para clandestinos que por sua vez as revendem na beira da estrada. Sinto fome, minha mãe me dá comida às escondidas mas estou sempre com raiva na casa do meu pai, é como se um djinn do mal entrasse em mim assim que passo pela porta e eu bato, eu grito.

Tenho dez anos onze anos e os barracos de lata começam a aparecer um atrás do outro. Há clandestinos que vêm construir onde não devem, onde os Wanaisas vivem, e cavam buracos, fazem fogueiras, colocam canos para coletar a água das bacias e cagam em todo lugar e a bacia seca e ninguém mais pula nela porque não há mais água e ninguém mais lava a roupa e a água cheira a merda e a mijo e a gasolina. A floresta morre e em seu lugar há os ferreiros que cobrem a terra de ferro e fogo.

Roubo aqui e ali, nos mourengués ganho uma vez duas vezes, eu me torno forte me torno malvado quero bater em tudo o que se move. Tenho doze anos treze anos, meu pau coça e eu quero uma garota mas para ter uma garota precisa ter euros e um dia eu roubo o relógio do meu pai vou ver as sousous* na rotatória de Cavani e transo pela primeira vez no manguezal e, quando volto, meu pai me espera abaixo do vilarejo mas agora eu sou um homem eu transei me chamo Bruce e não tenho mais medo e eu pulo em sua volta como faço nos mourengués e ele me olha com o mesmo olhar quebrado e acabou.

Tenho quatorze anos quinze anos e estou na rua e durante o dia eu espero bebo fumo. Quando não tenho dinheiro suficiente para as sousous, vou roubar cabras com os caras para penetrá-las não é a mesma coisa mas acalma. À noite, eu persigo roubo assusto as pessoas de bem, pessoas como o meu pai que saiu de casa e agora mora no Norte, e sei como e quem roubar eu sei quem vende eu sei quem compra, bloqueio as ruas quando quero e me basta dizer uma palavra e a guerra começa aqui. Quando tem eleições você viu como comem na minha mão você viu como me procuram, onde está o Bruce o que está pensando o Bruce o que está fazendo o Bruce. O rei de Gaza sou eu.

Eu me pergunto onde vão me enterrar e que nome vão me dar. Eu me pergunto se vão avisar meu pai lhe dizendo *O seu filho Ismaël Saïd morreu* ou se vão lhe dizer *Bruce morreu* e ele não vai entender nada e essa merda toda é culpa tua.

# MOÏSE

Não tinha mais nada para fumar, mais nada para beber, mais nada para comer. Estava no chão, tinha a impressão de ter terra na boca. Não tinha ninguém na banga. Rastejei até a porta e, lá fora, o sol transpassou meus olhos, a luz amarela entrava na minha cabeça com um barulho de furadeira. Não sei como encontrei um barril cheio de água, mergulhei a minha cabeça mais e mais. Bebi mais e mais a mesma água em que tinha mergulhado minha cabeça e meu rosto sujos. Tirei minha camiseta e joguei água em mim. Minha calça jeans estava suja. Eu estava descalço. Talvez se tivesse ficado um pouco mais, sozinho, nessa encosta seca e vermelha, atrás dessa banga de lata, talvez se tivesse olhado à minha volta e visto que Gaza era apenas um amontoado de casas enegrecidas pela poeira, de fios elétricos entrelaçados, de telhados de lata sustentados por grandes pedras, se tivesse percebido que aqui nunca haveria saída para mim, se tivesse entendido que esses caminhos e vielas não me ofereceriam nada de bom, então talvez tivesse corrido até perder o fôlego em direção a Mamoudzou, em direção à balsa, à casa, ao corpo sem vida da Marie. Mas o Bruce apareceu enquanto eu estava me limpando e atrás dele tinha La Teigne, Rico e outros dois garotos que eu não conhecia. Esses últimos pareciam ter apenas dez anos. Bruce disse *Pronto, vamos nessa.* Perguntei *Aonde vamos?* Minha voz estava rouca, as palavras arranharam minha garganta. Bruce não respondeu.

Descemos o morro em fila, o Bruce na frente e nós atrás. Andamos em direção a Mamoudzou, olhei pro relógio diante do cais, eram treze horas e vinte mas de qual dia eu não sabia e ainda não sei quanto tempo passei lá em cima. Bruce comprou bilhetes para nós seis e foi só então que me lembrei do Bosco. Perguntei ao La Teigne *Onde está meu cachorro?* Ele deu de ombros. Quando subimos na barca, me aproximei do Bruce e fiz a mesma pergunta e ele respondeu *Cuida do dinheiro e você verá seu cachorro mais tarde.* Comecei a ficar com medo e perguntei *Que dinheiro?* Bruce se aproximou de mim, ele vestia roupas limpas, tinha um hálito fresco. La Teigne, Rico e os dois moleques também estavam assim, como que lavados há pouco tempo. Só eu estava sujo e fedido. Bruce colocou a mão na minha perna. *Você disse que sua mãe tinha grana em casa e que você sabia a senha do seu cartão de crédito e nos propôs de ir na sua casa não é, você não lembra, hoje de manhã mesmo você falava nisso, então tomamos banho, nos arrumamos para ficar bonitos e ir visitar sua mamãe, você não reparou?* Enquanto falava, ele apertava a minha coxa cada vez mais. Ao nosso redor, as pessoas não repararam nada, conversavam, riam, cochilavam ou olhavam pro mar. Como ninguém reparou no quanto eu estava com medo? Medo do Bruce, medo de voltar para casa, medo de tudo, era um sentimento que me esmagava, que me impedia de pensar, de fugir, de fazer qualquer coisa além de ficar sentado naquele banco de madeira, olhar o mar sem o ver, olhar a Petite-Terre se aproximar, reconhecer o abrigo de lata no cais onde esperei Marie tantas vezes, sentir mais e mais medo, acabar acreditando que é tudo o que sou, tudo o que tenho, acabar acreditando até que é o meu nome.

Pegamos um táxi, como se fôssemos estudantes e, no carro, Bruce fazia piada em shimaore com os outros e o motorista ria de bom grado.

Bruce deixou um moleque no início da estrada que levava à minha casa e outro cinquenta metros depois. No meu bolso, encontrei o molho de chaves. Ele não tinha saído dali desde o dia em que fugi de casa com o Bosco. Como isso era possível? Eu tremia quando abri o cadeado da portinha de ferro que dava pro jardim. Bruce intimou Rico a ficar perto da porta. Caminhamos ao longo do lado direito da casa. Eu tremia sem conseguir parar e tive que tentar várias vezes para conseguir abrir o cadeado da grande porta do terraço. La Teigne fungou alto e Bruce disse: *Tá fedendo aqui.* Meus dentes batiam uns nos outros quando a corrente escorregou aos meus pés com um grande *clang.* Tudo ficou turvo diante dos meus olhos e o Bruce disse *Porra que cheiro é esse?*

O zumbido das moscas. Bruce me dando um chute nas costas e falando em shimaore, estou no chão, com medo, seguro seus tornozelos sem saber por quê, o cheiro está insuportável e ele grita *Onde tá a grana, onde tá a grana?* tentando se libertar. Rastejo até o quarto de Marie onde tudo está tão perfeito e branco quanto antes, mas o cheiro da morte rasteja, avisto a sua mochila marrom, verifico que a sua carteira está lá dentro, vou pro meu quarto, pego o meu livro, quero ficar aqui, quero me trancar aqui mesmo nesse branco perfeito e o cheiro vai acabar passando. Um moleque grita lá fora e Bruce corre em minha direção, quer arrancar a mochila das minhas mãos mas eu resisto e então ele me agarra pelo pescoço e estou do lado de fora.

Escuto um carro parar no cascalho em frente de casa, escuto alguém gritar *São os policiais* e nós corremos, escalamos as grades metálicas, pulamos em outros jardins e corremos mais e mais, a erva o asfalto a lama a terra as pedras o cimento sob meus pés, latidos gritos buzinas barulho de freios muezim meu próprio fôlego nos meus ouvidos, sou arranhado atingido sacudido segurado empurrado afastado mas continuo correndo e me distancio de casa e sei que nunca mais vou voltar.

Quando paramos, foi no bosque, no monte de Moya. Do outro lado da encosta, havia a praia de Moya e a lembrança das tardes de domingo com Marie, mas foi quando eu era criança, quando achava que era branco, quando eu achava que ela estaria comigo pela minha vida toda. Dei todo o dinheiro ao Bruce, prometi que, no dia seguinte, iria pegar mais grana no caixa eletrônico. Esvaziei a mochila na sua frente, ele separou as coisas, pegou o que queria e restava isto: a carteira de identidade da Marie, seu lenço de seda, o livro *L'enfant et la rivière*. Coloquei tudo na mochila.

A noite começava a cair. Eu estava com medo mas não saí de perto do Bruce nem por um segundo.

# BRUCE

Se você acha que é fácil ser o rei de Gaza.

Ninguém se torna rei assim, aqui é a selva, tem que ser leão, tem que ser lobo, tem que saber sentir o ar, cheirar as presas, mostrar as garras e eu as mostrei durante as grandes greves. Quem lançou o primeiro fogo no cruzamento de Kaweni? Eu. Quem decidiu bloquear a estrada? Eu. Quem jogou a primeira pedra nos bombeiros? Eu. Ha ha. Todo mundo me seguia, os adultos, os funcionários, os vendedores, os sindicalistas, todos gritavam *Não à vida cara* mas eu não ligava nem um pouco pro que gritavam, tinha acendido o fogo e é o que faz um chefe de guerra, ele lidera a tropa, acende o fogo e, quando decide, ele mesmo apaga o fogo. E todo mundo soube disso. O vento falava comigo assim me trazendo as vozes de uns e outros *Foi o Bruce que bloqueou a estrada de Kaweni, foi o Bruce que decidiu, foi o Bruce que disse, tem que perguntar ao Bruce, onde está o Bruce*. Até o vento dizia o meu nome e era como Gotham chamando o Batman.

Tem que conhecer Gaza como se fosse sua esposa. Você sabe onde estão as dobras, onde estão as curvas, sabe quando ela grita, sabe quando ela está com dor, sabe do que ela gosta, sabe do que ela não gosta, sabe o que ela gosta de comer, conhece as músicas que ela gosta de ouvir, sabe como seduzi-la, sabe como fazê-la rastejar, sabe onde ela está seca, sabe onde ela está toda molhada. Você não confunde sua cabeça e seu sexo, não confunde suas mãos e seus pés. Ninguém conhece Gaza como eu.

Tem que ser forte, não ter medo de lutar e, em Gaza, as pessoas sabem que Bruce é que nem o Batman, ele domina todo mundo. Não cede nem diante dos policiais, nem diante dos políticos. Sabe transformar tudo em arma, uma pedra, um bastão, uma folha de lata, uma tampa de marmita. Tem que saber bater e tem que vencer na frente de todos.

O que você fez comigo, ontem, eu nunca vou te perdoar e os meus lobos, também não.

Tem que ter um exército. Garotinhos para vigiar os quatro cantos e que você manda mendigar aos muzungus. Você faz concursos entre grupos de garotinhos, manda todos pro Caribou Café, na descida da barca, para o Banana Café, e espera. Eles voltam para Gaza sorrindo como se você tivesse inventado a melhor brincadeira para eles. Você acha que teria inventado essa brincadeira, otário? Os garotinhos também servem para subir em todo canto, nas árvores para as frutas, nos telhados para puxar um cabo de TV, esse tipo de coisa.

Precisa ter pessoas mais velhas para te ajudar e te proteger. O mais difícil é escolhê-las. Elas têm que ser fortes mas não tanto quanto você, corajosas mas não tanto quanto você, têm que te respeitar o suficiente para te seguir e até morrer por você, você tem que conhecer os segredos delas, seus vícios, suas pequenas fraquezas, e eu vi o seu segredo e a sua fraqueza. Você deixou a sua mãe morrendo no chão e tem medo de tudo. É apenas um medroso. Você nos colocou em perigo nesse dia, hein, Senhor Mo-ïse que supostamente tinha dinheiro em casa e que não falou para ninguém que tinha um corpo se decompondo tranquilamente no chão da cozinha, e por isso você teve que pagar, é assim se você quer fazer parte da gangue do Bruce, tem que mostrar o seu valor, tem que dar o seu sangue. Se você não queria, era só não ter ficado a noite inteira comigo e me seguido como um cachorro. Não tinha que implorar para não te deixar lá em Moya, viadinho.

Para ser o rei, precisa ter simpatizantes, a quem você oferece um cigarro, um baseado, um conselho, uma proteção e que, em troca, fala contigo. Te dizem quem sai de Gaza, quem entra em Gaza, quem fala o que sobre você, quem fala de qual jeito sobre você. Te dizem que casa está vazia para as férias, qual armazém recebeu um novo carregamento e você escuta, escuta bem, escuta todo mundo até os que falam besteiras porque nunca se sabe e põe a cabeça para funcionar.

Antes de tudo, precisa ter dinheiro, capital, grana, money money money, entrando e saindo, precisa beber, precisa fumar e precisa revender. O melhor baseado é você quem precisa ter. É você quem deve oferecer aos outros. A melhor música é você quem precisa ter e, quando chega o sábado à noite, devem ouvir o *bum bum bum* do seu aparelho e devem saber que vem da sua casa.

Para manter-se como chefe, para durar, as regras devem mudar. Ninguém pode se acostumar com Gaza e deixar de ter medo. Mesmo tendo dinheiro na sua casa, mesmo o cartão de crédito funcionando dois dias e eu pegando uma boa grana, você nos colocou em perigo e os policiais foram atrás da gente. Para manter-se como chefe precisa castigar e eu castiguei. Não sou igual a você, não abro a boca para parecer bonzinho, para dizer eu me lembro, para dizer eu me arrependo e eu ainda me arrependo. Não, digo a verdade. Três dias depois da passagem pela sua casa, você se sentia como o meu irmão não é? Já falava como que para dizer que sabia mais que todo mundo, dizia que não queria roubar, não queria mais fumar, beber e eu te deixei na sua um ou dois dias. Você até começou a falar comigo como falam os caras das ONGs. *Por que você faz isso Bruce? Por que você não quer mudar de vida? Por que você vive na violência?* Você me contou a sua vida e, porra, não sei como consegui não te arrebentar nesse dia. Você me contou como a sua mãe, a sua mãe de verdade, aquela puta, te deu para a muzungu e como esta conseguiu um certificado de reconhecimento de paternidade para você. Você me contou o quanto era feliz com ela, usava essa palavra, *feliz*, como os brancos, como nos livros da escola, como as professoras magras e brancas e como o diretor que tinha dito ao meu pai *Ele não está feliz aqui, não será feliz no ensino fundamental II* e eu pensei que você fosse o diabo, que era o djinn que tinha te mandado com o seu olho verde como as árvores nas quais eles vivem e que eu precisava fazer alguma coisa para que você parasse de falar assim de falar da escola, do ensino fundamental II, dos piqueniques no lago Dziani, *o seu lugar favorito no mundo,* mas em que porra de mundo você vive? Aqui é Mayotte e você diz que é a França. Vai cagar! A França é assim? Na França se vê crianças vagabundando de manhã até de noite, hein? Na França tem kwassas que chegam às dezenas assim com pessoas que desembarcam nas praias e gente que já está quase morta? Na França tem pessoas que vivem a vida inteira no bosque? Na França as pessoas colocam grades de ferro nas janelas que nem aqui? Na França as pessoas cagam e jogam o lixo nas ravinas que nem aqui?

Eu sou o rei e precisava te castigar, Mo. Precisava mudar as regras, precisava mostrar que as pessoas que nem você, que têm a pele tão preta quanto a minha mas cujas palavras são brancas e sem graça como as dos muzungus, eu precisava mostrar que sabia acertar as contas com essas pessoas.

Espalhei a notícia por toda Gaza. Sábado à noite tem mourengué na colina. Sábado à noite tem castigo. Vi meu pai lutar no mourengué, vi meus tios, meus primos e, nos meus sonhos, vejo meus ancestrais lutando e dançando no ringue formado pela multidão. Sábado chegou. Os tambores estão montados. Tinha álcool e cigarros. Dançamos, lutamos de mãos vazias como nós maiotenses sabemos fazer. Quando entrei no ringue, os tambores aceleraram o ritmo e eu estava sem camisa e você ainda vestia sua velha camiseta e já estava bêbado, já tinha fumado demais e eu pulei em cima de você de repente, não posso dizer que não se defendeu fiquei até surpreso, você me surpreendeu Mo, você chutava, jogava as mãos mas não sabia lutar, não sabia lutar dançando, não sabia ser forte e leve, não sabia chamar os ancestrais, não sabia seguir o ritmo dos tambores, não sabia imitar Muhammad Ali quando ele surge no ringue e você acha que ele vai te beijar de tão leve que ele é mas *bang bang* em você assim eu pulei e quando você começou a gritar, seu olho verde se abriu como nunca e dentro eu via meu pai eu via os djinns eu via a colina antes de Gaza eu via minha infância e o verde das árvores e as frutas que não podemos colher quando cai a noite e as folhas que não podemos tocar e eu dei um sinal e na minha mão apareceu meu facão e eu o passei pelo seu rosto acima da sobrancelha e até o seu maxilar assim como passamos um lápis em um papel, devagarzinho mas de maneira assertiva diziam as professoras magras e brancas, sem apertar, sem hesitar, um traço fino e seguro e o sangue começou a escorrer a multidão a gritar, minha pesada coroa de ouro de rei de Gaza, eu a senti na minha cabeça não estou mentindo não abro a boca para mentir, mas você não gritou não se mexeu talvez não tenha sentido nada, afinal de contas você é o filho do djinn e o meu pai tinha me avisado para tomar cuidado com o djinn.

Que horas são? Nesse momento, geralmente estou na minha banga ou debaixo de uma árvore-do-pão atrás da oficina de funilaria. Gosto quando as pessoas vêm até mim se precisarem mas é melhor não me verem muito. Eu escuto música, fumo um pouco mas não muito, pego o dinheiro dos pequenos, planejo as saídas do fim de semana. É à noite que desço na entrada de Gaza. Ah, Mo, às vezes eu fico duro só de pensar que todos têm medo de mim, por ver todos babando com as notas que carrego no meu bolso e esperando as palavras que sairão da minha boca e todos querem falar comigo, me perguntar no que estou pensando, todos querem ficar do meu lado porque sou Bruce, o rei de Gaza, e eu não queria parar por aí, tenho só dezessete anos porra, eu queria me tornar o rei de Mayotte, o rei das Comores, queria que o prefeito dissesse meu nome, que todo mundo dissesse meu nome, todos os muzungus, todos os marinheiros, todos os bombeiros, todos os funcionários, todos os policiais.

Que horas são? Aqui não é a vida real não é? Ei, Mo, responde. Eu vou acordar, não é, vou poder sentir de novo alguma coisa não é, essa parede aí que vejo que toco mas não posso tocá-la de verdade, essa parada vai acabar daqui a pouco, Mo, me diz, eu ainda sou o rei de Gaza não é? Vou te dizer, sinto falta da minha colina, sinto falta dos meus caras, sinto falta do sol de antes de meio-dia, do cheiro da ravina, sinto falta da fumaça metálica da oficina de funilaria, dos *clang clang* debaixo do sol e do barulho de suas serras e do barulho dos seus martelos. Não posso estar aqui, preciso sair daqui, preciso reencontrar Gaza. É o meu lugar.

# MOÏSE

Foi um velho branco que me deu os pontos, ele se chama Dédé. Usa um pano em volta dos quadris, uma camiseta sem mangas e a televisão fica ligada dia e noite na casa dele. Na sala, tem uma foto sua usando um uniforme militar.

Fiquei na casa dele por semanas. O tempo não tinha mais importância. Eu tinha caído em um lugar secreto, uma noite escura e interminável da qual seria impossível sair.

Mesmo que o corte não fosse profundo, segundo Dédé, a cicatriz ficou pálida e comprida, minha pálpebra direita caiu, de modo que sempre tenho a impressão de ter uma névoa no olho, mas é apenas o efeito causado pelos meus cílios. Às vezes, à noite, quando eu me sentia mal e tudo o que tinha acontecido comigo girava à minha volta como um predador prestes a pular em cima de mim de novo, eu imaginava que a névoa era uma presença sobrenatural e benevolente que me trazia notícias da Marie, do Bosco, que falava comigo sobre tudo e nada. Bruce vinha me ver de vez em quando, durante a noite. Ele ficava perto da cama sem dizer uma palavra e me observava. Não sei o que olhava, talvez estivesse verificando se eu ainda e sempre tinha medo dele? O velho branco mudava meu curativo com frequência, verificava os pontos, tirava a minha temperatura. Eu tinha novas roupas, novos sapatos, minha mochila marrom ficava ao pé da cama. Eu podia ir e vir na casa mas não podia sair. Dédé falava pouco e, quando não cuidava de mim, assistia televisão e bebia. Era incrível a quantidade de álcool que ingeria por dia mas nunca estava bêbado. Às vezes, quando eu recusava me alimentar, ele me fazia comer de colher dizendo *Vamos garoto, mais uma* e talvez eu chorasse um pouco nessa hora, não sei.

Quando Bruce veio me buscar, Dédé disse que eu precisava voltar para vê-lo uma vez por mês. Bruce lhe deu uma sacola cheia de garrafas de álcool, o velho fechou a porta sem sequer me olhar. Ouvi o barulho da TV. Suponho que, como com todos nós, Bruce conhecia os segredos sombrios e as fraquezas de Dédé. Nunca mais o vi.

Quando minha cicatriz coçava, eu ia no bosque buscar folhas de aloe vera e espalhava sua seiva viscosa no meu rosto. Eu tinha visto Marie fazendo isso há muito tempo por causa de uma cicatriz na perna que às vezes, nos dias úmidos, coçava.

Durante muito tempo, depois disso, parei de falar. Guardei tudo para mim e meu corpo se tornou um lugar fechado onde eu acumulava palavras, pensamentos e na minha barriga às vezes isso fervia, *pop pop pop,* como arroz cozinhando. Diziam que depois do mourengué eu tinha perdido a razão e eu deixava as pessoas falarem. E talvez estivessem certas porque as vezes, de madrugada, quando eu subia no topo da colina de Mamoudzou, deixava escapar um grito e, mesmo sabendo que esse grito vinha da minha barriga, eu não o reconhecia de tão profundo, grosso e preto que era.

Durante muito tempo, depois disso, fui um bom soldado do exército do Bruce. Eu ficava de guarda quando me pediam para ficar de guarda, contava o número de carros desconhecidos que entravam em Gaza, ia arrancar mandioca e a cozinhava, roubava sapatos e chinelos na mesquita, ia colher frutas, roubar roupas que secavam nas paredes, vigiava a banga do Bruce quando ele não estava, quando ele estava transando, às vezes também a limpava. Durante o dia, eu mantinha à distância os pensamentos, as lembranças e as perguntas. À noite, eu esperava encontrar um lugar para dormir por algumas horas e às vezes só andava nas ruas, andava no meu sono.

Um dia enquanto eu ia buscar bananas na pequena plantação que fica acima das duas escadas de pedra, achei o Bosco. Tinha chovido durante os dois dias anteriores e Gaza parecia querer desmoronar sobre si mesma. A terra se soltava em grandes torrões da colina. A oficina de funilaria tinha desabado, um rio de lama corria pela ravina. Bruce tinha ido não sei aonde e eu tinha ficado assistindo a chuva, a lama e as coisas se desintegrando lentamente e deslizando em direção ao mar. Na minha cabeça, eu rezava para que um buraco se formasse no lugar da ravina e engolisse Gaza inteira.

Mas a chuva parou, o sol apareceu novamente e o Bruce voltou com sua guarda pessoal. Ele me viu debaixo da varanda de uma casa cujas persianas e portas estavam sempre fechadas, fez um sinal para que eu me aproximasse e me disse *Mo vai buscar comida, se vira*. Desde a minha volta a Gaza, sempre falava comigo com uma voz forte mas nunca agressiva. Ele me dava ordens, simplesmente, e eu era um bom cachorro, vai buscar, sentado, parado. Eu não o olhava mais nos olhos, ficava com meu boné e minha mochila marrom nas costas noite e dia.

Subi então em direção ao topo da ravina esperando encontrar um cacho de bananas intacto, subi com dificuldade, me agarrando aqui e ali, me orientando pelas duas grandes escadas de pedras pretas presas na colina. Se essas pedras falassem, o que diriam sobre a vida aqui, antes de Gaza? Talvez aqui fosse o paraíso, talvez as crianças viessem brincar e correr sem medo e depois voltassem para casa, comessem até ficarem satisfeitas e dormissem em lençóis limpos?

O caminho que margeava o bananal tinha desaparecido, havia um amontoado de terra, pedaços de ferro, chapas metálicas, lixos diversos. Estava me perguntando como ia fazer para passar ao outro lado quando vi algo amarelo saindo do chão e meu coração pulou para fora do meu peito. Era um amarelo particular que se iluminava na noite, um amarelo fluorescente, a Marie havia me ensinado no dia em que fui comprar a coleira do Bosco. Eu pensava que o Bosco, que eu não tinha visto novamente desde a primeira noite, tinha sido soterrado por um deslizamento de terra e comecei a puxar, resistia, então procurei, cavei com minhas mãos, mostrava a coleira enquanto repetia *Bosco Bosco meu bom cachorro*, puxei com todas as minhas forças e de repente saiu algo seco e ao mesmo tempo gotejante, a pele rachada e rasgada, meio esqueleto meio monstro, a goela aberta e a coleira amarela em volta do que restava do pescoço. Não gritei, não me afastei, só desmoronei ali e chorei diante do Bosco que estava morto já havia um tempo, como eu não sei, mas provavelmente quando eu estava fumando aquele primeiro baseado de *chimique* e cantava imitando rappers americanos e dançava e bebia na sua casca de coco.

Tenho quatorze anos ou já tenho quinze não sei mais. O que importa afinal já que todo dia é igual.

O medo, a fome, a caminhada, o sono, a fome, o medo, a caminhada, o sono. Eu comia o que encontrava, tomava banho quando podia, dormia debaixo das varandas, um olho aberto. Frequentemente precisava ficar de guarda na entrada de Gaza e recolhia o saque dos pequenos para dar a um dos tenentes do Bruce. Algumas noites, eu via o maldito grupo descer, Bruce rodeado por Rico, La Teigne e Nasse. Iam vagar e roubar as casas. Eu não participava porque, segundo eles, não só tinha enlouquecido como também dava azar. Durante muito tempo, não saí de Gaza. Durante muito tempo estive morto porque suponho que é esse vazio que temos na barriga e no coração quando morremos.

Um dia como os outros, o mesmo sol, o mesmo céu pesado, a mesma poeira vermelha, os mesmos *clang clang* da oficina, o mesmo cheiro de ferro e de merda, a mesma campanha eleitoral. Um pequeno veio me buscar. Bruce me esperava na casa dele, estava muito bem-vestido, bermuda com bolsos dos lados, camisa polo crocodilo, bolsa CC, corrente de ouro. Ele me deu roupas novas, não exatamente iguais às dele, mas coisas limpas e novas que seus soldados roubam no mercado clandestino montado todo dia à beira do manguezal. Lá tem vendedores ambulantes e ladrões ambulantes. Bruce me deu chinelos novos e disse *Você vem com a gente*.

Na entrada de Gaza, nos misturamos com outros, vestidos igual a mim, cheirando a desodorante e talco. Bruce estava no meio, nem totalmente visível, nem totalmente invisível. Bastava um passo para ele aparecer e um passo para desaparecer. Um carrão novo chegou e o sol deslizou sobre o capô cinza. Dois homens saíram do veículo, sorridentes, alegres. Apertaram a mão de todo mundo. O mais alto voltou para o carro e o outro, um baixinho com a cara redonda e simpática, disse: "Jovens de Kaweni, sei que vocês sofrem com tudo o que dizem sobre vocês, sei que não gostam dessa má reputação que têm. Sei que vocês sofrem porque não tem nenhuma infraestrutura aqui, porque não tem nada para vocês, jovens, para vocês que são o futuro de Mayotte. Se votarem em mim, se fizerem as pessoas votarem em mim, prometo que não chamarão mais este lugar de Gaza mas de Paris! Se votarem em mim, se fizerem as pessoas votarem em mim, terá emprego para todo mundo aqui!".

*Queremos internet!* "Sim vocês terão internet, olhem, em frente a Ga... a Kaweni, olhem todas essas empresas, todas essas fábricas, todos esses supermercados. Vamos de porta em porta, vamos falar para eles, queremos empregos para os nossos jovens!"

*Queremos documentação!* "Todas as crianças que nasceram em solo francês são francesas. Todos os que podem comprovar que têm um pai maiotense com carteira de identidade francesa são franceses! Todos os que não tem documentação poderão ter títulos de residência porque os jovens são nossa prioridade número um!"

E por aí foi. Os jovens gritavam qualquer coisa, uma besteira que fosse, uma hora até disseram *Queremos segurança*, e o homem respondeu *Sim vocês terão segurança!* Ele estava suando mas sorria o tempo todo. Depois, abriu o porta-malas do carro e tirou sacolas cheias de provisões. Bruce apareceu. O homem olhou para ele sorrindo e disse *Aí está você!* Eles se cumprimentaram demoradamente. Depois, o homem subiu no seu carro que ligou devagarinho, o sol recaiu sobre a poeira opaca e, na mão do Bruce, havia algumas notas. Ajudei a levar todas as sacolas até a árvore-do-pão e Bruce fez a triagem. Tinha pão, açúcar, farinha, macarrão, coca, biscoitos, conservas de legumes, papinhas para bebês, pacotes de fraldas. Devagar, Gaza inteira, homens mulheres crianças bebês, fez fila dos dois lados da ravina e o Bruce distribuiu sorrindo, em silêncio.

As distribuições ocorriam duas ou três vezes por semana, às vezes mais quando chegávamos perto do primeiro turno. Outras pessoas vieram, em outros belos carros, e alguns falavam francês, outros se expressavam em shimaore mas todos davam sacolas de provisões e dinheiro ao Bruce. Tinha comida e bebida, tinha dinheiro pra maconha, pras pílulas, pro cigarro. Bruce tinha mandado os pequenos ficarem em casa, estavam proibidos de ir mendigar em Mamoudzou ou no shopping. Estavam proibidos de roubar bolsas no sinal, de roubar celulares no mercado de Mamoudzou. Os assaltos nas casas tinham parado, apenas os pequenos furtos no mercado clandestino à beira do manguezal eram tolerados. Às vezes parecia que mesmo de barriga cheia, mesmo com a cabeça adormecida pela maconha, alguns não resistiam à vontade de descer no manguezal e roubar uma camiseta, um short, um par de sandálias.

Depois das eleições, os carros só passavam sem parar. O barulho e a fúria de Gaza acordaram novamente. Nasse foi parado pela polícia e mandado de volta para Anjouan, La Teigne desapareceu por dois dias e apareceu de novo com dois dedos a menos, os pequenos voltaram a mendigar, a roubar, a extorquir, os assaltos recomeçaram e, por toda parte ao redor de Kaweni, surgiram oficinas de serralheria e todas faziam as mesmas coisas: grades para portas e janelas, barras de ferro para instalar dentro das janelas e portas, pontas afiadas para colocar no topo dos muros do perímetro das casas. O business da segurança.

Foi mais ou menos nessa época que o eleito sorridente criou a associação "Avante jovens" em um local no topo da colina.

# STÉPHANE

Ando sem rumo pelo local da associação, não voltei para casa, estou buscando alguma coisa, não sei o quê, estou buscando uma mão firme para segurar, estou buscando um pedaço de mim mesmo ao qual me agarrar, não permaneceu em algum lugar um vestígio do homem que eu era, que dizia grandes frases como *Não existem problemas, só existem soluções* ou *Querer é poder* ou ainda *Mens sana in corpore sano*? Encosto meu corpo em um canto, bato a minha cabeça uma vez duas vezes, choro. Penso em Moïse. Onde ele está agora?

Gaza está se consumindo por dentro desde ontem à noite, desde que Moïse venceu o Bruce no mourengué. Todas as casas estão trancadas, não tem um adulto lá fora, só adolescente, com fogo nos olhos, as mãos abertas, a boca aberta, a cabeça lavada pela fumaça do *chimique*. Moïse não apenas o venceu, ele o esmagou e, quando deu seu grito animal que continha toda a sua raiva, toda a sua vida despedaçada, os tambores se calaram e esse grito atravessou a multidão.

Onde ele está agora? Como fez para desaparecer assim, diante de toda aquela multidão impressionada ao ver o seu rei no chão? Ele estava ali, o pé em cima da garganta do Bruce, a boca aberta em seu grito animal, o punho levantado. Depois desapareceu e Bruce ainda estava no chão.

Procurei-o um pouco mas havia tanta tensão no ar, os tocadores de tambores tinham desaparecido, a multidão estava se dispersando às pressas, até os garotinhos seguiam suas mães sem olhar para trás e eu vi o Bruce levantando, cambaleando. Não via a sua cara porque ele estava com a cabeça abaixada, as mãos nos cabelos. Então subi o mais rápido possível de volta ao local. Chegando, olhei se a mochila marrom do Moïse ainda estava lá, ao lado do medidor de água. Não estava mais. Por um instante, isso me aliviou, significava que ele tinha conseguido voltar aqui, significava que ainda estava vivo, que ainda não tinha sido pego. Então tive um mal pressentimento, abri a porta rápido, fui direto ao escritório, bati a mão no interruptor. O neon chiou e piscou várias vezes antes de se acender mas vi que a gaveta tinha sido arrombada e sabia que não encontraria a pistola nela.

Não tive tempo de pensar mais porque ouvi a grade ranger e passos se aproximarem rápido no cascalho. Fechei a gaveta com o pé e, voltando para a grande sala, apertei todos os interruptores de maneira que, quando o Bruce e outros três caras apareceram na varanda, eu estava em plena luz amarela e crua. Eles me perguntaram se Mo estava aqui, balancei a cabeça. Estava com medo, meu coração batia como os tambores, ainda tinha a lembrança da última vez em que vieram aqui.

Bruce ficou do lado de fora enquanto os outros três entraram para procurar o Mo. Eu percebia vagamente a silhueta do Bruce na penumbra mas sabia que estava me vendo nitidamente e eu esperava que, em cada traço do meu rosto, ele pudesse ler o meu ódio e o meu nojo. Ele não se mexeu, eu também não.

Depois que eles foram embora, fiquei dando voltas pelo local, ruminei mil coisas, pensei no melhor, pensei no pior, esperei e, no fundo da minha garganta, havia um gosto amargo de fumaça. Acabei caindo no sono.

Abro a porta da pequena cozinha que dá pra varanda. Toda manhã, meus olhos mergulhavam no verde das árvores, no vermelho das barracas e no azul da lagoa. Eu deslizava em espiral pelas correntes e nadava com os golfinhos. Toda manhã, essa paisagem magnífica e surreal sob a baía de Mamoudzou bastava para me dar energia, e eu esquecia a escória, esquecia a violência, esquecia a lama. Mas hoje, só vejo uma favela, só escuto a raiva, só vejo o mar violado pelos mortos e o sangue e eu gostaria de vasculhar essa escória, de virar essa violência do avesso, de mergulhar nessa lama para encontrar o Mo.

Permaneço aqui, esperando rever o Mo como o vi naquele primeiro dia do outro lado da rua, em pé, imóvel, o boné enfiado na cabeça, uma mão segurando a alça da sua mochila, a outra no bolso. Foi há alguns meses, eu tinha acabado de chegar em Mayotte para o meu ano de voluntariado com a ONG C. Minha missão era abrir uma casa para jovens de Kaweni. Disseram que parecia uma periferia: os jovens que vagam, que traficam, que se afundam no tédio, a falta de perspectiva de futuro, zero emprego, drogas à vontade. Eu tinha vinte e sete anos e fomos apenas dois a se voluntariar para vir para cá. Mayotte é a França e não interessa a ninguém. Os outros queriam ir para Haiti, Sri Lanka, Bangladesh, Indonésia, Madagascar, Etiópia. Queriam miséria "de verdade", miséria centenária enraizada como uma erva daninha, países "problemáticos", lugares onde as tempestades seguem as guerras, onde os terremotos seguem as secas. O ápice, aquele que impressiona no currículo, ainda era Gaza, a verdadeira Gaza na Palestina, quero dizer, mas isso era reservado aos mais experientes.

Eu só queria ir embora então assinei para Mayotte.

Quando Chebani, um bombeiro da brigada de Mamoudzou que também era voluntário na ONG C, me levou para visitar Kaweni antes de me mostrar o local, lembro ter pensado *Mas aqui é uma favela.* Como se tivesse ouvido meu pensamento, ele se virou para mim e disse *Você não estava esperando por isso né?* Eu andava atrás dele e cruzamos com um bebê que gemia como um cachorrinho. Seu braço esquerdo estava queimado, coberto de crostas pretas e, em alguns lugares, havia bolhas rosadas. Ele não chorava, não gritava, estava sentado no chão, gemia como um animalzinho machucado. Uma mulher vestida com um grande tecido marrom e vermelho saiu da barraca enquanto continuava a falar energicamente com alguém que ainda estava ali. Ela não pegou o bebê no colo mas sentou na mureta ao lado dele. Então o bebê enfiou a cabeça nas pernas cobertas com esse tecido marrom e vermelho sem parar de gemer. E então eu disse a coisa mais idiota da minha vida *Mas aqui ainda é a França!* e Chebani riu tanto que os seus olhos se encheram de lágrimas. Mais alto, ele me mostrou um grupo de jovens sentados sob uma árvore-do-pão e, atrás deles, havia uma parede onde estava escrito em verde GAZA. Tirei uma foto e enviei para alguns amigos de Paris. Que piada.

Com dois membros da missão local, Roukia e Toyba, duas maiotenses de vinte e poucos anos que tinham morado um bom tempo na ilha da Reunião, decidimos fazer desse local um lugar aonde os jovens pudessem ir para ler, assistir a filmes, ouvir música, brincar com jogos de tabuleiro. Não tínhamos conexão à internet mas tínhamos aquela casa amarela simpática, aberta, cercada de buganvílias rosas; tínhamos uma ampla variedade de músicas, pop, rap, trap, R&B, variedades, sessões de cinema aos sábados à noite, torneios de dominó e outras atividades lúdicas e educativas que ajudariam os jovens a sair do "tédio". Mais tarde, talvez daríamos aulas de alfabetização para os interessados. Esse foi mais ou menos o conteúdo do primeiro relatório que enviei ao escritório de Paris.

Levamos duas semanas inteiras para instalar tudo, os livros, o belo sistema de som hi-fi, o projetor e alguns jovens vieram dar uma olhada. Eu estava feliz, tinha aprendido algumas palavras em shimaore: *kwezi, wawe ouhiriori bani, jeje bweni, marahaba, ewa,* "bom dia, como você se chama, bom dia senhora, obrigado, sim" e meu sotaque os fazia rir mas nunca conversavam comigo. Chebani tinha me avisado para tomar cuidado com os "pequenos idiotas" mas eu não queria ouvir os outros, seu cinismo, suas opiniões sobre tudo, seus julgamentos. Eu queria fazer diferente, não mais personificar o estereótipo do humanitário aventureiro amargurado.

O novo eleito, um homenzinho com cara simpática e sorridente, inaugurou o local na quinta à noite. Fez um discurso em frente a uns cinquenta convidados e poucos jovens. Havia duas câmeras de televisão, mulheres cantavam alegremente em shimaore e batiam em dois pedaços de madeira. Isso me fez pensar nas claves da minha infância, quando estudava solfejo no conservatório, e eu estava feliz, convencido de que faria um bom trabalho aqui. No dia seguinte, organizei uma sessão de cinema ao ar livre com o projetor voltado para um grande lençol branco. Escolhi *Goldfinger* e o pátio, a rua, a encosta da colina estavam cheios de gente, de cachorros, de cabras.

Durante algum tempo, a associação "Avante jovens" teve um desempenho excelente. Eu recebia frequentemente a visita do eleito que caminhava sem pressa no quintal, as mãos cruzadas atrás das costas como se tudo, a casa, o jardim, a colina e todas as barracas que víamos, lhe pertencesse.

Eu ficava longe das conversas sobre os clandestinos, sobre os assaltos, sobre a insegurança. Vivia em Combani, no centro da ilha, em um apartamento pequeno que ficava em cima de uma oficina de serralheria. Era o interior, com árvores imensas de troncos sulcados que davam frutos com aparência pré-histórica: enormes e tortos. Atrás da casa, tinha uma grande horta e, diante da casa, as mulheres vendiam seus legumes e dormiam ao lado, em páletes. Eu tinha comprado uma moto e passeava frequentemente pela ilha. No sábado à noite, saía com um grupo de amigos que eu tinha conhecido por aí, havia parteiras, enfermeiros, jovens empreendedores, professores, todos jovens como eu, todos brancos como eu, cheios de teorias na boca e nem um pingo de coragem nas mãos. Mudar o mundo grelhando frango nas praias, indo dançar nas boates, indo transar ali rapidinho, tomando banhos à meia-noite, acordando ao meio-dia ao som do muezim, indo mergulhar no lago mais lindo do mundo, aproveitando ao máximo e sabendo que aqui é só uma passagem em nossas carreiras. Daqui a pouco, daqui a um ano, dois anos, três no máximo, voltaríamos com os bolsos cheios de recompensas, as mãos ainda atrás das costas e a boca ainda cheia de grandes teorias.

Mas, um dia, vi o Mo e às vezes basta um momento de verdade para que tudo mude.

Ele estava do outro lado da rua empoeirada e me via abrir as caixas de livros que a associação acabara de receber. Nunca o tinha visto antes, eu tinha certeza, porque ele, Mo, tinha alguma coisa, alguma coisa que os garotos daqui que sempre andavam em dois ou três não tinham, eu não saberia como explicar direito. Era como se ele estivesse lá mas, em um piscar de olhos, pudesse desaparecer.

Endireitei a postura: será que ele queria me ajudar a levar os livros para dentro? Ele ficou apoiado na encosta da colina por um tempo, essa colina ramificada cor de terra, e lembro que coloquei minha mão na viseira, me perguntei se não tinha sonhado. Mas não, ele se afastou da colina e se aproximou devagar. Era alto e muito magro. Ficou com a mochila nas costas, o boné na cabeça e começou a desembalar as caixas e a levar os livros para dentro. Notei um pedaço da cicatriz em seu rosto mas, como ele ficou de boné, não vi mais do que isso. Ele não disse uma palavra, trabalhando silenciosamente, economizando os movimentos. Depois, dobramos as caixas de papelão e foi aí que ouvi sua voz pela primeira vez. Ele perguntou para mim, com um francês perfeito e uma voz rouca como se não falasse há tempo *Posso ficar com uma caixa de papelão por favor?*

Não sei por que essa voz partiu meu coração, digo isso sem vergonha. Acenei com a cabeça energicamente repetindo *Claro claro, pode ficar com quantas você quiser*. Ele agradeceu e foi embora.

Mo voltou várias vezes, sempre um pouco depois do almoço quando Gaza se esvazia dos seus moradores e está calor demais para vagar. Ele me ajudava quando tinha algo para fazer mas frequentemente eu o deixava tranquilo e ele ia se sentar com o seu livro, sempre o mesmo, *L'enfant et la rivière*, uma mão na sua mochila marrom, o boné sempre enfiado na cabeça. Por volta das quatro da tarde, ele marcava uma página, se levantava, vinha ao meu encontro, estendia a mão, dizendo obrigado com sua voz sempre rouca. Uma ou duas vezes tentei puxar conversa mas ele ficava sempre com a cabeça abaixada e as mãos presas nas alças de sua mochila. Eu deixava para lá, lembrando o que tinham nos falado no escritório central de Paris: estar atento mas nunca se meter.

De qualquer forma, os dias passavam rápido numa mistura de calor, poeira e barulho. Os próprios adolescentes, aqueles que a administração chamava de “isolados”, permaneciam distantes. Quando chegava para trabalhar de manhã, eu via alguns deles na entrada do bairro, sob o toldo de uma mercearia ou um pouco mais longe, sob um abrigo duro. Eles me viam passar sem nenhuma expressão no rosto, o corpo para frente, em outro estado, e eu sabia que tinham dormido ali, ou tentado dormir ali. Às vezes, no final da manhã, eu os via de novo, os mesmos ou quase, sentados, a cara no peito, esmagados pelos baseados e pelo calor.

Um dia o eleito me chamou para um mourengué. Ele me disse que era uma prática ancestral de luta e não sei por que achei que fosse uma vertente da capoeira. Ele parecia feliz com o trabalho da associação, falava que a delinquência tinha baixado, que as pessoas tinham menos medo ao passar por Gaza e que, aliás, não tinha mais que chamar esse bairro de Gaza, precisava voltar a usar o seu verdadeiro nome, Kaweni.

Já havia os tocadores de gomas, os tambores locais, e um alto-falante que divulgava música tradicional bem ritmada. A noite tinha caído mas o calor continuava. Um homem andou para frente, com um apito em volta do pescoço, as percussões começaram. Então dois garotos se juntaram a ele, estavam sem camisa, e, quando deram o sinal, jogaram-se um em cima do outro, balançando os braços e as pernas sem verdadeira técnica. O que caía no chão primeiro perdia o jogo, voltava pra multidão, envergonhado, e o outro fazia uns passos de dança, acompanhado pelos tambores e até pelo apito do árbitro. Houve várias partidas assim. A multidão ria com vontade, batia palmas com facilidade e às vezes os lutadores começavam a dançar, era alegre, engraçado, festivo. Mas aí chegou aquele garoto. Eu nunca tinha visto ele mas a multidão começou a gritar de um jeito mais grave do que antes, quase mais séria, e os gritos cobriram a batucada dos gomas. Tinha um garotinho do meu lado e lhe perguntei *Quem é esse?* Ele me respondeu com um brilho nos olhos É *o Bruce, o chefe de Gaza, ele vence todos os mourengués.* O vencedor do jogo de antes, um jovem robusto, avançou dançando. Tinha os olhos fechados como se estivesse em transe. Bruce se aproximou, atrás dele tinha um grupo de jovens, reconheci alguns de vista das sessões de cinema ao ar livre. O clima já não era mais alegre porém tenso, inquieto. O juiz apitou e a luta começou. Bruce era muito forte, dava cabeçadas e socos, mirava bem, trabalhava seu impulso e sua força. Seu adversário não se deixava levar mas seu rosto sangrava enquanto os golpes caíam sobre ele. De repente, Bruce deu um chute que atingiu o outro na barriga. O lutador corpulento caiu no chão. Ao contrário dos outros lutadores, Bruce não começou a dançar mas ele se aproximou do seu adversário no chão, inclinou-se sobre ele e fingiu lhe dar um soco no rosto. O garoto robusto levou seus joelhos ao peito e se colocou em posição fetal. A multidão se calou, só os gomas continuavam e de repente tive a impressão de estar em um lugar diferente, um lugar enfeitiçado, com regras que eu não entendia. Bruce se levantou, ergueu os braços para cima e a multidão gritou de alegria.

Recuei lentamente enquanto a multidão se aproximava do vencedor. Eu me sentia oprimido, desconfortável. De repente, da sombra de uma árvore, saiu o Mo. Dei um pulo como um idiota. Ele me estendeu sua mão dizendo *Boa noite* mas tive medo, não apertei sua mão, me afastei dele e depois saí correndo. Subi na minha moto e fui embora como um ladrão. Dirigi até minha casa sem parar e, quanto mais o ar esfriava sob a sombra noturna das grandes árvores do campo, mais eu tinha vergonha. Aquele garoto tinha apenas quinze anos!

Passei o fim de semana em casa, ignorando as ligações dos meus amigos para ir nadar, mergulhar ou comer. Não parava de pensar em como Mo se afastou da árvore e no seu cumprimento tão educado. Será que ele queria me dizer alguma coisa? Será que queria me pedir alguma coisa? E eu, o que fiz? Fugi como se tivesse visto o diabo.

Era previsto que eu passasse uma semana em Kani-Kéli, no sul da ilha, para criar outra associação de jovens mais ou menos com os mesmos princípios que a nossa. Segunda, passei no local em Gaza e esperei que Chebani me deixasse um carro para ir a Kani-Kéli. Ele iria com a minha moto. Chegou às dez horas dirigindo um velho Clio cinza, disse *Você pelo menos tem sua habilitação* e, sem esperar a resposta, começou a rir e subiu na minha moto.

Talvez eu estivesse com essa ideia desde sexta à noite, desde que o deixei ali, no escuro, talvez um arrependimento tenha levado a outro mas, quando vi Mo sentado nos degraus de uma casa fechada, em uma esquina do bairro, abri a porta do Clio que eu dirigia com cuidado nas ruas estreitas de Gaza e lhe disse *Você vem dar uma volta?* Ele continuou sentado e eu insisti *Bora! Vem!*

Ele se levantou, puxou ligeiramente a alça da sua mochila, baixou a aba para que o seu boné se enfiasse ainda mais no seu rosto e entrou no carro. Ele cheirava a suor e a roupas velhas, suas pernas tinham a cor das cinzas. Deixou a mochila aos seus pés, colocou o cinto de segurança e engatei a primeira marcha.

Dez minutos depois, mal chegávamos a Mamoudzou, e Mo dormia, roncando como uma criança exausta.

# MOÏSE

Quando entrei naquele carro, havia o zumbido do ar-condicionado, a maciez da cadeira nas minhas costas, o tapete onde fiz meus pés irem e virem. Stéphane não falava nada, dirigia com cuidado, sem música e em silêncio, foi agradável. Senti todo o meu corpo desabar, minhas pálpebras ficarem pesadas e eu nem lutei.

Ao acordar, estava só no carro. Levei um susto, verifiquei primeiro minha mochila e minha cicatriz. Sempre faço isso quando acordo, não sei por quê. Sei que ela sempre estará aqui mas não posso deixar de verificar essa linha saliente que atravessa o meu rosto. Talvez toda manhã eu tenha a ilusão de ter voltado para antes, de ter dado um pulo para trás no meu próprio passado e de que essa cicatriz é apenas um sonho desagradável. Ou talvez eu tenha medo de que ela aumente, de que se alongue, de que feche definitivamente o meu olho e dê a volta na minha cara e no meu corpo como naquele pesadelo frequente em que o mosquiteiro da minha cama se torna uma cobra, me envolve e me sufoca.

O carro estava estacionado do lado de uma casa, à sombra de um flamboyant. Olhei à minha volta, não havia ninguém. Fiquei um tempo sem saber o que fazer, talvez Stéphane voltasse de uma hora para outra? O jardim era cercado por uma sebe de bambus. Havia alguns arbustos no quintal, ao fundo, plantas em vasos aqui e ali, alguns brinquedos de crianças de cores vivas. Vermelho, verde, amarelo.

Saí cautelosamente do carro e mantive uma das mãos na porta aberta. O ar estava quente mas já não era o forno de Gaza. Respirei o ar mas não tinha cheiro de nada. Era tão bom. Ouvi passarinhos acima de mim e mais longe também, no fundo do jardim, do outro lado da sebe de bambus, atrás de mim e além e em todo lugar, os passarinhos gorjeavam.

Tirei o meu boné, soltei a porta do carro, levantei meu rosto pro flamboyant. O céu, através das folhas e dos galhos, era como um quadro azul, verde, marrom, um quadro que se movia com o vento ou talvez fosse eu quem balançava um pouco. Fechei os olhos. Queria poder voar, olhar para esse maldito mundo lá de cima, de muito alto, ser inatingível, inatacável, invencível, invisível. Gostaria de ser um homem-pássaro, não gostaria de ser apenas um pássaro e piar aqui e em todo lugar. Imaginei meus ossos e meu corpo encolhendo, meus poros se abrindo para deixar sair penas verdes do mesmo verde que meu olho, senti minha cicatriz desaparecer, meus olhos se arredondarem, meu rosto se alongar, minha boca se transformar em um bico pontiagudo, preto e brilhante, meu cérebro se tornar uma ervilha, minhas lembranças se dissiparem em fumaça, minhas patas decolarem, minhas asas se abrirem e então, eu voo, pouso no grande galho firme e grosso do flamboyant. Sou leve e poderoso ao mesmo tempo. Canto. Acendo o sol, sou fazedor de chuvas, realizo maravilhas.

Quando abri os olhos, Stéphane estava na minha frente e me encarava. Ele me perguntou *Quem fez isso contigo*, apontando o lado direito do meu rosto. Sua voz era dura, uma voz aguda, diferente da que ele costuma ter, e talvez eu estivesse cansado de me esconder, talvez não aguentasse mais aquele boné, talvez tenha sido o tom afiado da sua voz, talvez eu ainda fosse um pássaro que não sabe mentir e respondi *Foi o Bruce que fez isso comigo*.

Ele inspirou bem fundo e abriu a boca como se fosse falar e eu não queria ouvir sua piedade, suas perguntas mas ele só me perguntou se eu estava com fome e, aliviado, eu disse *Sim*.

Andamos até o restaurante e Stéphane então me disse que estávamos em Kani-Kéli. *Você conhece, Mo, já veio aqui?*

Eu dei de ombros. Pensei em como tinha implorado para Marie me trazer aqui, no Sul, e ela recusava, dizia *Você ainda não está pronto!* Será que estou pronto agora? Não sei. Como dizer ao Stéphane que cheguei, bebê, nos braços da minha mãe, em um kwassa kwassa a alguns quilômetros daqui, em Bandrakouni, e que na minha cabeça tudo se misturava agora. Eu tinha sonhado tanto com essa praia mas agora que estava tão perto dela, não sabia mais o que queria, não sabia mais o que era bom para mim.

Stéphane nunca entenderia esse tipo de coisa. Eu não o julgo, já vi vários caras, como ele, passarem alguns meses em Gaza, não sei qual é o objetivo deles, não sei se realmente acreditam que algumas sessões de cinema, algumas partidas de futebol ou pop americano bastariam para fazer a gente esquecer da miséria, da sujeira e da violência. Esses caras conhecem um monte de coisa, conhecem os números da miséria, conhecem as estatísticas da delinquência, estudam os gráficos da violência, têm palavras como cultura e lazer na boca mas nunca entendem nada, na verdade. Só uma criança de rua para saber o que é a alegria de encontrar uma velha escova de dentes no chão, lavá-la no riacho e passar um sabonete velho nela, um sabonete velho tão duro tão estriado por marcas pretas que parece uma pedra mas o esfregamos do mesmo jeito e depois vamos em um canto porque não queremos que outra pessoa roube essa escova e escovamos os dentes com ela, viramos e reviramos essa escova na nossa boca e é como se fosse uma balinha de mel e, a alegria disso, só uma criança que mora na rua pode saber. Não há sessões de cinema ou partidas de futebol que se possam igualar ao fato de possuir algo, um objeto que é só seu, mesmo que seja uma velha escova de dentes.

Não gosto muito de lembrar essa semana em Kani-Kéli. É como se tivessem me feito atuar em um filme em que eu fazia o papel de um garoto ordinário, sem história. Eu ajudava o Stéphane a reformar a casinha que acolheria em breve uma associação como a "Avante jovens". Ele me dizia para limpar, eu limpava. Ele me dizia para raspar a pintura, eu raspava. Ele me dizia para pintar, eu pintava. Ele me dizia para varrer, eu varria. Ele me dizia para segurar as prateleiras enquanto as fixava na parede, eu segurava. Quando trabalhava no seu computador, eu abria o meu exemplar de *L'enfant et la rivière* e o relia pela milésima vez mas não importava. Quando tinha visita, eu ficava no meu canto, limpando, raspando, pintando, lavando, lendo e as pessoas não ligavam para mim. Quando o Stéphane falava comigo, eu o ouvia mas suas palavras nunca entravam em mim, era como a chuva na minha pele, escorria, escorria e, aos meus pés, havia uma grande poça de palavras. Quando ele me dizia para descansar, eu ia ao jardim sentar debaixo do flamboyant. Ele dizia vá passear, vá tomar um ar, vá à praia mas eu ficava debaixo do flamboyant, ouvindo os pássaros e imaginando que voava em volta do tronco e que minhas asas batiam tão rápido que as cores das minhas penas se misturavam. Quando o Stéphane me perguntava por que eu sempre lia o mesmo livro, eu dava de ombros porque não queria explicar que esse livro era como um talismã que me protegia do mundo real, que as palavras desse livro que eu conhecia de cor eram como uma prece que eu fazia e fazia de novo e talvez ninguém me ouvisse, talvez não adiantasse de nada mas não importava. Abrir esse livro era como abrir minha própria vida, essa vidinha de nada nessa ilha, e eu reencontrava Marie, a casa e era o único jeito que eu tinha encontrado para não ficar louco, para não esquecer do garotinho que fui.

Eu falava pouco, pensava pouco, fazia o que ele me mandava fazer porque entendi naquela semana que eu só era bom nisso. Bruce tinha me treinado para ser um bom cachorro e, naquela semana, eu tinha sido um bom cachorro limpo e bem alimentado.

Na manhã de quinta-feira, Stéphane colou na parede um grande mapa de Mayotte e enfiou uma tachinha vermelha no lugar onde estávamos, Kani-Kéli. Eu me aproximei e vi, a um dedo dali, um pouco mais abaixo, Bandrakouni. Olhei fixamente para esse nome que era ao mesmo tempo misterioso e familiar. De repente, por magia, ele se desprendeu do mapa, letra após letra, B A N D R A K O U N I, e elas se aproximaram de mim, como vespas enfurecidas, estavam no meu rosto, na minha cicatriz, eu queria caçá-las mas elas se afundavam na minha pele e comecei a gritar...

Eu estava deitado em cima de um colchão na sala e lá fora a luz era branca como papel. Meu olho direito doía, minha cicatriz palpitava. Pousei uma mão em cima esperando aliviá-la. Stéphane estava ali mas não dizia nada. Fiquei aliviado por não estar só, por não estar na colina de Gaza, por saber que o Bruce estava longe. Deixei minha mão no rosto, esperei um pouco e, depois, falei pro Stéphane que eu gostaria de ir à praia de Bandrakouni. Ele simplesmente me disse *O.K.*

Eu acreditava que nada mais seria bonito aos meus olhos, que nada poderia me acordar do torpor no qual mergulhei depois da morte de Marie. Stéphane me disse que me deixaria em Bandrakouni enquanto ia visitar um amigo. No carro que se movia lentamente, olhei pro mar magnético que desdobrava seu azul, seu esmeralda, seu verde, seu opalino. À esquerda podíamos ver o monte Choungui. Nos pastos, velhos freezers serviam de bebedouros para os animais. À beira das estradas, homens e mulheres caminhavam, cestas na cabeça, bastão ou facão na mão. O céu estava sem nuvens e, através dessa paisagem idílica, alguma coisa preenchia o meu coração. Que país era esse tão doce, tão bonito? Que país era esse que tinha esquecido de mim?

*É aqui*, disse Stéphane enquanto parava o carro na beira da estrada. Desci, ele deu partida na mesma hora.

Era aqui, então. Peguei um caminho sombreado cercado de arbustos, onde voavam pequenas borboletas, e grandes árvores, eucaliptos, mangueiras. Seus galhos faziam laços sobre a minha cabeça, eu ouvia o mar, ouvia os pássaros, cada um dos meus passos fazia estalar as folhas secas. Era aqui.

Cheguei em uma baiazinha em forma de lua crescente e debaixo dos meus pés, desde então, uma areia preta, tão preta quanto a minha pele. Atrás de mim, como que protegendo a ilha e cercando a baía, vários baobás. Nos seus troncos, me ensinaram na escola, sempre há um oco. Eu não sei para que serve esse oco.

Caminhei de um lado pro outro, dei a volta nos baobás. Ao pé de um deles, havia lenhas queimadas e um monte de cinzas. As pessoas vinham aqui fazer churrascos, nadar, comer, se divertir, não vinham aqui igual a mim, com a angústia no estômago, com vontade de encontrar de novo não sei o quê, com a esperança de que essa praia respondesse às minhas perguntas, preenchesse todos os vazios, iluminasse todas as sombras.

O que eu deveria fazer agora? Fiquei imóvel, ouvindo o barulho das ondas finas, o sussurro que vinha das rochas, o canto agudo dos pássaros. Tinha finalmente voltado aonde tudo começou mas era apenas uma praia. Há quinze anos, minha mãe desceu aqui mesmo com outros clandestinos mas não restava nada hoje em dia. O mar tinha apagado suas marcas na areia preta, o vento tinha soprado para longe os seus gritos. Gostaria de poder dizer que vi um sinal, que reconheci um canto singular dos pássaros, que sussurraram uma frase sábia e reconfortante no meu ouvido, que interpretei um sinal no tronco de um baobá, que estive menos só, todas essas coisas mágicas que eu tinha imaginado e alimentado na minha cabeça quando pensei nesse lugar. Bandrakouni.

As ondas finas e orladas vinham depositar seus colarinhos de espuma em volta dos meus tornozelos. Entrei no mar. Meu corpo se esticou na água, meus dedos se fecharam, minhas pernas começaram a bater e os movimentos aprendidos há muito tempo voltaram. Respirar, avançar, respirar, avançar. Eu nadava sem barulho, sem pensar em muita coisa a não ser a posição dos meus braços e das minhas pernas, o jeito que minha cabeça deveria aflorar à superfície para facilitar a respiração. Talvez, se eu fosse mais forte, mais inteligente, teria nadado até a outra margem e teria tentado viver outra vida, de outra forma, de maneira diferente.

Mas garotos como eu, que sempre têm medo, que viveram de tudo e de repente ficaram sem nada, sempre voltam como cordeiros pro seu predador.

Quando voltei pra margem de Bandrakouni, eu me dei conta de que tinha mais ou menos a idade da minha mãe quando ela desembarcou nessa praia de areia preta cercada de baobás. Será que ela sentiu medo à noite, enquanto atravessava o mar? Será que eu chorei? Será que ela sabia que tem um oco nos baobás no qual poderia ter me deixado? Eu teria adormecido, então teria morrido nesse oco e teria sido um pouco essa árvore, invencível, admirável. É uma vida magnífica a de ser um baobá na praia.

# BRUCE

Você sempre achou que era diferente da gente. Tinha essa coisa em você que eu não conseguia tocar, dobrar, desligar. Às vezes quando eu te via sentado, imóvel como uma pedra, sentia vontade de te sacudir, de te falar que não adiantava de nada ficar assim, os garotos como você e eu são feitos para dar pancada na vida, partir para cima, morrer sem arrependimentos. Sem piedade, Mo. Sem piedade. Você é que nem a gente, Mo. Você é negro, é sozinho, está preso aqui, está na rua.

Eu sabia que você passava suas tardes lá em cima no local desse idiota branco que não parece com nada. A pele dele é tão pálida que parece que ele já está morto, é magro como um palito e como é chato com seu papo e suas partidas de futebol. Antes de cada sessão de cinema, ele se sente obrigado a contar mil coisas sobre o ator ou sobre quem fez o filme ou até contar o filme, ele é idiota ou o quê?

Eu pensava que você assistia televisão na sala deles, mas não, *você lê*. Só faz isso, sentar e ler. Deixei acontecer, de qualquer forma eu te mantinha na palma da mão assim como mantenho cada um dos meus tenentes na palma da mão. Eu pensava que um dia você me serviria para alguma coisa. Sabia que você era esperto, o djinn não escolhe os idiotas e os fracos, Mo, acredite em mim. Eu sabia que você não tinha perdido a cabeça, sabia que você não tinha enlouquecido, sabia que precisava desconfiar de você. Mas você se mantinha tranquilo, vinha quando eu te chamava, fazia o que eu te dizia para fazer e talvez eu devesse ter te vigiado melhor.

Você escolheu o seu momento, hein. Eu estava muito bem naquele fim de semana, tinha vencido aquele idiota do Abdallah no mourengué. Era o campeão de M'tsapéré e ele se achou esperto o suficiente e forte o suficiente para vir me desafiar na minha casa. NA MINHA CASA? Lembra como ele chorou para cacete no chão? Bebemos bastante, fumamos bastante, dançamos bastante naquele fim de semana, fomos ao Ninga no sábado à noite e não pudemos entrar como sempre. O segurança, aquele africano otário que veio aqui em um kwassa como um desgraçado miserável, mas que agora se acha um americano com o seu terno preto. Eu tinha dinheiro o suficiente para transar e meu pau coçava de tanto querer. Estava de saco cheio das cabras balindo, eu era o rei porra. Dei notas pro La Teigne, pro Rico, pro Nasse, que tinha voltado de Anjouan de kwassa, e todos transaram nos arbustos, de frente de trás e depois fomos lavar nossos paus no porto de Mamoudzou. Eu estava bem. Domingo, tudo igual. Eu tinha grana o bastante para comprar uma caixa de frango e Nasse grelhou tudo direitinho, pimenta, mandioca, Gaza inteira cheirava a espetinhos feitos em casa, à fumaça azul que atraía todas as crianças, era dia de festa. Bruce era o rei, era bom demais. Você sabe bem, comeu a sua parte como todo mundo.

E na segunda-feira, o que eu fiquei sabendo, você partiu com o branco em um carro cinza. Tipo ele abriu a porta, você entrou, ele nem insistiu. Não é um policial sabe.

Você escolheu o seu momento, hein. Não sabia como funciona na minha casa, NA MINHA CASA? Fazia quanto tempo que você estava aqui, hein, um ano já, você não sabia que tinha que pedir permissão antes de sair de Gaza?

Segunda, terça, quarta, você ainda não tinha voltado, Nasse me disse que você estava em Kani-Kéli com o branco, o que estava fazendo em Kani-Kéli porra. Eu não deveria me importar com você mas não conseguia. Ficava louco quando pensava no que você fazia com o muzungu. Você era a mulherzinha dele? Tinha se tornado sua sousou preta preferida? Todo mundo me enchia o saco, La Teigne, Rico, Nasse, os pequenos, todos olhavam para mim do jeito que você nunca me olha, esperando o que vou decidir, esperando a boquinha.

E eu via que eles achavam que eu estava me preocupando demais contigo. Um rei não pode se permitir esse tipo de fraqueza. Um rei não pode deixar coisas assim acontecerem no seu território. Eu precisava retomar o controle.

Na quinta-feira, dei uma volta nas ruas de Gaza quando a noite caiu, os caras me deram o que os pequenos tinham pegado, eles me disseram que não tinham mais baseados, nem cigarros, nem *chimique*. Alguns fumavam folhas de mangue de tanto que sentiam falta. *Tss.* Eu não gostava disso. Estavam com os olhos pequenos e secos, a boca enrugada e todos me chamavam, *Bruce, Bruce,* pulando à minha volta como cachorros famintos. Mandei descer o meu estoque, não tinha muita coisa mas acalmou um pouco a galera. Algo tinha que se mexer, estava a fim de fogo, de barulho, Gaza estava muito tranquila desde as eleições. Durante a noite, decidi fazer uma visitinha ao local da associação. Levei o La Teigne e o Rico comigo.

Que otário. Ele tinha colocado uma corrente de merda, dois cadeados. Achava que estava seguro, que o político o protegia com suas palavras doces feito mel mas, aqui, sou eu quem decide quem está seguro e quem não está. Com um pé de cabra conseguimos remover tudo isso sem fazer barulho e, durante duas horas, mudamos todo o material de lugar sem que ninguém viesse nos incomodar. A televisão, o retroprojetor, o sistema de som, o computador, os DVDs, os CDs. Tiramos os livros e quase taquei fogo neles mas depois só mijei neles, Rico e La Teigne botaram os paus para fora e regamos tudo direitinho.

Na sexta-feira, o político veio com seu Nissan cash cash cinza-metálico para a prece e eu lhe disse que o branco tinha ido embora com um dos meus amigos. Ele olhou para mim como se eu tivesse falado chinês. Eu me aproximei dele, ele cheirava a perfume e sabão, tinha colocado sua túnica branca, tive um flash, vi meu pai na minha frente mas não durou muito tempo. Falei com meu bafo de fumador de baseados e ele piscou os olhos. Eu disse *São viados*. Ele se afastou levantando as duas mãos na altura do peito e dizendo *Eu* não quero essas coisas aqui. Sorri para ele e sussurrei *Vou resolver isso chefe*. Os políticos gostam disso, que os chamem de *chefe*. Era assim que os escravos chamavam seus donos, sabia disso, Mo? Ele colocou a mão no meu ombro balançando a cabeça e seguiu em frente vestido com a sua bela túnica branca que ele levantava um pouco porque não queria que a lama de Gaza sujasse suas bainhas.

No sábado tínhamos vendido tudo, era bagulho bom da metrópole não era made in China, e à noite, em Gaza, tinha frango, coca, erva, cigarros, *chimi-*

*que*, cerveja e muito mais. Depois fomos dar uma volta no Ninga, esperamos que as sousous saíssem e balançamos nossas notas. Encontrei uma, uma malgaxe com cabelo preso bem no alto da cabeça e que queria conversar antes. Ela me contou sua vida de merda, como chegou em Mayotte seguindo um muzungu, como ele a largou três dias depois, três dias depois, ela repetia, e tinha um filho e não tinha dinheiro para comprar leite para ele e não tinha documentos e era obrigada a fazer a sousou. Eu a deixei falar porque ela era linda mesmo e falava de forma doce e bonita. Eu estava bem, tudo estava bem, Gaza do outro lado estava se divertindo, bebia, fumava, e eu fodia uma linda menina bem tranquila, pela primeira vez eu tomava cuidado com os seus cabelos, não queria que o rabo de cavalo se desmanchasse, era bem bonito assim, eu tomava cuidado com o seu rosto mas de repente, enquanto eu fodia, pensei em você e no que andava fazendo com o muzungu com pele de morto e fiquei maluco. Parei de ser tranquilo, parei de tomar cuidado com a puta e peguei seus cabelos com minhas duas mãos e fodi com toda a minha raiva.

# STÉPHANE

Todo mundo fala disso com você e, misteriosamente, você acha que está seguro. Contam como aquela linda garota, que você viu várias vezes nas festas, foi atacada em uma praia e, por não querer largar sua câmera, os ladrões jogaram um coco nela para derrubá-la. Agora, metade do lindo rosto dela está paralisado. Falam desses lugares no bosque onde clandestinos vivem há décadas. Você lê artigos sobre agressões sexuais de uma violência extrema que são cometidas por garotos sob o efeito dessa nova droga, o *chimique,* e mais tarde, quando você fala com seus amigos sobre o que leu, eles te revelam até o nome do cara que importou essa droga para Mayotte e você diz *Porra é pesado,* mas isso não te atinge onde deveria te atingir. Contam como cada vez mais, durante as férias, os muzungus alugam as suas casas por uma ninharia aos turistas que também servem de guardiões. Mostram os cachorrões abandonados pelos muzungus porque, aonde eles vão, não precisam de três pastores-alemães para vigiar as casas. Perguntam se você já foi à ilhota de areia branca e você conta do dia maravilhoso de mergulho na lagoa mais linda do mundo porque, agora você tem certeza, é a lagoa mais linda do mundo pois você viu com os seus próprios olhos esse mundo esmeralda e opalino e, mesmo sabendo que centenas de pessoas morrem nessa lagoa, você diz do mesmo jeito *É a lagoa mais linda do mundo*. Sussurram que metade dos moradores de Mayotte é constituída de clandestinos, que todos os equipamentos da ilha foram concebidos por duzentos mil habitantes mas que oficiosamente haveria quase quatrocentas mil pessoas na ilha e você diz *Mas não é possível, vai explodir*, e essa frase que você pronuncia foi pronunciada milhares de vezes antes de você. Dizem *Olha ele é maiotense, ele é grande comorense, ele é anjouanense, ele é malgaxe* mas para você, na verdade, são todos parecidos. Propõem um passeio pelos caminhos alternativos e você se maravilha com todas essas hortas e casas nas alturas. Dizem que são os anjouanenses clandestinos que cuidam da agricultura e que as casas nas alturas são ocupadas por muzungus. Dizem que se continuar desse jeito, se o Estado francês não fizer nada, os próprios maiotenses tomarão o próprio destino nas mãos e expulsarão todos os clandestinos e delinquentes. Então você tem a imagem de centenas de negros descendo na rua com facões e não sabe mais se é uma imagem de Ruanda, do Zimbábue ou do Congo e diz *Isso nunca acontecerá em um departamento francês.*

Você mesmo, enquanto espera para atravessar a rua para comprar um novo cartão telefônico, é testemunha disto: duas motos colidem. Três pessoas caem no chão na sua frente. Na calçada, um homem de cabelos grisalhos, camisa xadrez, calça preta e que não usa capacete. Na rua, um homem com capacete e uma bermuda verde (daquelas que têm bolsos grandes dentro dos quais há bolsos médios dentro dos quais há bolsos pequenos), uma camiseta branca; atrás dele, caída quase na mesma posição, uma garotinha com um vestido de flores rosas e tranças que percorrem sua cabeça — cabeça que você vê porque ela está sem capacete. Você para abruptamente com o barulho metálico que as motos fazem quando se chocam e, muito rapidamente, vê o homem com capacete se levantar, subir na sua moto e ir embora fazendo o motor estalar. A garotinha permanece no chão, imóvel. Você vê mas não entende realmente. Os bombeiros chegam e a garotinha é instalada no veículo de primeiros socorros. O homem de cabelos grisalhos está bem agitado. Ele diz *Ele a abandonou! Ele a abandonou desse jeito!* Quando diz *desse jeito*, mostra o chão com a mão e você vê que o antebraço dele está sangrando. A carne é rosa, o sangue é vermelho, a pele pendurada é negra e você pensa que é a primeira vez que vê um homem negro sangrar.

No dia seguinte, quando encontra Chebani, você lhe pergunta sobre aquela garotinha e ele te diz que ela foi levada pro hospital. Você pergunta se a garotinha tem documentação. Chebani te olha como se você fosse um extraterrestre. *É óbvio que ela não tem documentação, não sabia nem a própria idade. E o cara que abandonou ela também não tinha documentação!* E ele ri e bate nas suas costas dizendo *Caribou* Mayotte!*

Dizem para você tomar cuidado, dão como exemplo o Corpo de Bombeiros, do outro lado da grande rua, que foi visitado durante a noite. Dizem *Ter todo esse material no local é como sacudir carne diante dos leões*, repetem *Você* não conhece *aqueles garotos*, reiteram *Não telefone na rua, não vá sozinho ao caixa eletrônico, não use bolsa a tiracolo.* Mas você continua vivendo e acreditando que estará seguro porque esteve seguro durante os vinte e cinco primeiros anos da sua vida e só conhece isso.

No entanto, sua vida muda quando você volta de uma semana no Sul em que trabalhou de manhã até de noite, em que teve a impressão, não era apenas uma impressão era uma certeza, de ter reformado não só uma casa mas também um garoto que não falava durante o dia mas que dizia várias coisas à noite enquanto dormia e você ouvia para poder costurar as palavras e formar a história dele e quando ele parou de usar o boné você teve a sensação de saber o que é ser, finalmente, um homem bom.

Todos os livros com páginas enrugadas no chão, você não precisa cheirá-los para saber que mijaram neles. Você sabe que o local foi saqueado e assaltado mas não consegue tirar os olhos de todos esses livros no chão e não sabe por que isso te lembra corpinhos mutilados que você terá que empilhar e queimar.

Sua vida muda quando você entra no local, te empurram e te chamam de pedófilo, de viado. Eles vêm para cima, você gostaria de ser uma parede sólida e inviolável mas não, você se afasta, balbucia, não tem nenhuma força nos braços. Você escorrega nos livros e faz um barulho de folhas secas. Você sente medo, seu corpo está mole, seu estômago subiu até a garganta, é a primeira vez que te agridem e não era assim que você imaginava as coisas. Você se via enfrentando, de pé, se via maior, mais forte, mais corajoso. Dois garotos te mantêm no chão com os joelhos e mãos. Eles torcem um pouco o seu braço e apertam a sua barriga com força. Você lembra do cheiro deles de ferro e fumaça. Os outros dois cercam Mo e ele não protesta, não chora, nem olha para você. Eles o levam para a luz crua dessa manhã de segunda-feira e os que te mantêm no chão também partem, correndo.

Você fica um bom tempo no chão, sente medo mas um imenso alívio o invade. Não era você o verdadeiro alvo. Você se levanta e vai vomitar no quintal.

Na mesma noite, seus amigos vêm te ver para te consolar e você conta como eles te falaram, te dizem *Porra é pesado* e dessa vez te atinge no estômago e toca uma parte sua que é vermelha como o sangue do homem da camisa xadrez, uma parte que acaba de nascer e que é sensível como tudo o que acaba de nascer e você sente dor de barriga, chora. Você sai com eles todas as noites, desde então nunca está só e não para de contar o que aconteceu com você. Uma noite, o amigo de um dos seus amigos te oferece uma pistola para te proteger e você aceita. Agora e somente agora, você entende.

# MOÏSE

Quando penso nesse dia, e preciso pensar nele porque, sem esse dia, eu nunca teria matado, não teria escutado o Stéphane quando ele estava delirando sobre a pistola que guardava no seu escritório, não teria tido esse buraco negro em mim onde desde então tudo cai com um barulho surdo e nunca mais sobe de volta. Nesta cela quadrada onde às vezes uma corrente de ar estranhamente vem refrescar minha testa, nesta sala onde escuto respirações e suspiros que eu sei que não são meus, me sinto estranhamente em paz. Agora sei que o que aconteceu naquele dia e naquela noite e em todos os dias e nas noites que me trouxeram até aqui é muito mais do que a minha dor, minha tristeza, meu arrependimento.

Tenho quinze anos, me chamo Moïse, nasci do outro lado da água. Minha mãe teve medo de mim, minha mãe teve pena de mim e dela mesma, minha mãe se perguntou o que tinha feito a Deus e a todos os djinns para ter um filho com um olho preto e um olho verde. Minha mãe me estendeu como um velho pacote para a primeira pessoa que apareceu mas agora eu sei que não é culpa dela, agora eu sei que precisa de dinheiro para pegar um kwassa, que precisa de coragem para subir nessas barcas frágeis. Sei como é a praia de Bandrakouni onde os baobás parecem fortalezas, sei que precisa ter outra coisa na barriga além da piedade e do medo. Sei que precisa de um pouco de amor.

Quando vieram me buscar, não protestei. Os tenentes do Bruce têm esse jeito de andar em semicírculo ao seu redor, como se estivessem te acompanhando, como se você fosse um deles, e suponho que aqueles que nos viram nas vielas sujas de Gaza naquela manhã não prestaram atenção em nós. Ninguém presta atenção em cinco vagabundos.

Passamos pela mesma garagem, com a mesma lâmpada no teto, que cheirava a gasolina e metal e isso me fez ranger os dentes de novo.

Uma poça grossa, azul e brilhante sob o sol, estagnava no leito da ravina. Bruce estava na sombra da árvore-do-pão, mais acima. Ele estava sentado em cima de uma pedra preta e nos via nos aproximando. Sorria, seus dentes brancos brilhavam. Eu não estava com medo, ainda não. Sabia que ele estaria irritado por eu ter ido embora sem avisar. Lembrei um pequeno que tinha voltado pra casa dele durante três meses e que retornara para Gaza porque sua mãe, que tinha outros seis filhos, não podia alimentá-lo. Bruce o amarrara a uma árvore e, durante uma hora, cada membro do grupo que passava batia nas coxas ou nos braços dele com um galho fino ainda com folhas. Quando as folhas caíam, alguém ia arrancar outro galho. Eu também batera nele, um soco só, *fachak,* sem olhá-lo nos olhos. Depois, ele foi mandado de volta para bater nos muzungus na saída da barcaça e, durante alguns meses, suas coxas e seus braços marcados foram um verdadeiro sucesso.

Pensei que talvez ele fosse fazer algo do tipo comigo mesmo se eu não tivesse feito nada para ele na verdade. Eu, Mo a Cicatriz, louco, o mudo em que ele já tinha deixado sua marca. Talvez ele me amarrasse um dia inteiro e pedisse para os seus garotos escolherem galhos sem folhas, daqueles que picam e arranham? Foi assim que chamei naquela manhã, subindo até a árvore-do-pão, "me preparar pro pior".

Bruce fez sinal para eu me aproximar e, com um gesto da mão, fez meu boné voar e aproximou seu rosto do meu. Ele cheirava à fumaça acre e espessa do *chimique,* seu bafo era pesado mas seus dentes eram brancos como leite.

Ele gentilmente passou seu indicador na minha cicatriz e eu não me mexi. Ele disse *Que macio.*

Dobrou esse mesmo indicador e dessa vez passou sua unha na minha cicatriz como se quisesse arranhá-la. Comecei a tremer. Ele perguntou aumentando a voz *Foi legal em Kani-Kéli com o seu querido?*

Os outros em volta dele deram gargalhadas e aquela grande risada que parecia sair da garganta de um homem só estourou naquela manhã e não sei por que, do fundo da minha memória, se destacaram as palavras do livro que eu amo tanto: "Então todos os bichos se mexiam. Era o despertar".

Não tenho mais medo agora. Bruce está morto, eu o matei nesta manhã no bosque, ele não vai mais voltar.

Na banga do Bruce, a corda amarrou meus pés e minha mãos.

Na televisão, homens e mulheres transavam.

Na minha bermuda, meu pau se levantava e eu sentia muita vergonha. Os garotos apontavam e riam.

Na televisão, homens comiam cachorros e cachorros comiam mulheres.

A música dizia *rap rap nigga nigga fuck fuck.*

No meu corpo, meu estômago se revirava.

Na televisão, homens transavam com homens que transavam com mulheres que transavam com cachorros.

Na banga, os garotos riam e depois se levantavam rápido.

À minha volta, um cheiro de suor amargo.

Consegui levar minhas pernas até o meu peito e a sensação dos meus próprios joelhos contra mim era muito reconfortante.

Na minha frente, esmagaram pílulas, trituraram folhas de mangue, esvaziaram cigarros, beberam cerveja.

Na televisão, tinha clipes de rap *fuck fuck fuck* diziam os cantores com uma voz grossa e pesada e as mulheres empinavam e mexiam as bundas como se elas tivessem vida própria.

Não sei quanto tempo durou.

Bruce entrou e houve um silêncio, até a televisão se calou ou sou eu quem imagina isso. Ele disse *Vem* cá minha gatinha. Senti um líquido quente molhar minhas coxas. Alguém disse *Ele se mijou*, mas Bruce repetiu *Vem* cá minha gatinha.

Mas isso não é nada comparado ao tempo passando segundo após segundo e às coisas que escutamos e vemos. Ouvimos nosso cachorro e imaginamos que ele arromba a porta e morde Bruce que está enfiando o pau na sua carne. Imaginamos que Bruce grita, não porque ele é o rei de Gaza e te possui como possui qualquer poeira aqui, mas porque um cachorro acaba de pular no pescoço dele, logo ali em volta do pomo de Adão, e esse cachorro não o larga, não ele não largaria, o Bosco.

Ouvimos cavalos e sabemos que não há cavalos aqui mas escutamos o *clop clop clop clop* se aproximando e daqui a pouco essa cavalgada vai esmagar a banga e tudo o que tem dentro dela.

Vemos uma alpargata e ela é tão branca que a gente se pergunta se não é nova e inventa toda uma história sobre essa alpargata nova e branca e tão perfeita enquanto La Teigne ou Nasse ou Rico ou qualquer outro enfia outras coisas na sua carne.

A gente vê um facão encostado na porta e lista na cabeça todos os nomes dessa ferramenta, começando por facão, alfange, machete, foice, grande faca, faca chinesa, corta-garganta, e aí voltamos para essa garganta que seu cachorro arrancou e colocou na nossa frente como se fosse uma oferenda.

A gente pensa que, como no livro, como Pascalet e Gatzo, tem atrás da gente racals, esses animais ferozes que assombram a solidão, que vagam pela noite e que saltam sobre você com um pulo prodigioso, o pulo bem conhecido do racal que supera o pulo do tigre.

Enquanto Bruce fuma e bebe e olha para você enquanto te enfiam coisas na carne com seus olhos amarelos de racal, com um sorriso que nunca sai dos seus lábios, a gente pensa na palavra "prodigioso" e tenta encontrar algo na nossa vida que poderia ser "prodigioso".

Não encontro.

Penso na Marie, penso na vizinha que não gostava de sair durante o dia, penso na praia de Bandrakouni e atravesso o tempo, esse tempo que dura tanto tempo quando garotos da sua idade te estupram, garotos que sabem rir e sorrir, que comem e cagam que nem você, que nem eu, e poderiam viver em um lugar chamado Tahiti, em um lugar chamado Poitiers, em um lugar chamado Montreal e certamente seriam diferentes. Atravesso o tempo e chego na praia onde um kwassa desembarca seus passageiros doentes, seus queimados, seu filho da desgraça. Eu sopro no ouvido da minha mãe e ela me deixa em um baobá e eu não choro como estou chorando aqui, agora, enquanto todo mundo foi embora, a noite caiu e o cheiro de merda de suor e de porra e de vômito invadiu a banga, eu não choro porque estou seguro no oco do baobá.

Quando saio me arrastando, palavras estranhas estão inscritas no céu, palavras indecifráveis, palavras que as estrelas desenharam e a lua se mexe de um lado para o outro como um laser e mergulha na baía e desaparece no mar e eu sei que entrei em outro mundo, em outra dimensão e que nunca mais serei como antes.

# BRUCE

Eu sei que sou mau. Mesmo aqui nesse lugar meio cinza, como se a noite fosse cair a qualquer momento, sinto raiva e nojo e sempre esse gosto estranho na minha boca, como se eu tivesse dentes apodrecendo. Mas eu gostaria de ir embora agora, já vi o bastante, gostaria de encontrar de novo a poeira e o cheiro de Gaza, gostaria de ver de novo o medo e a admiração nos olhos de todos quando cruzo o limiar de Gaza. *Bruce está aqui, Bruce, Bruce!* e a música que me seguia nas ruas, quando eu descia a ravina, quando parava para conversar com os caras da oficina, quando subia em direção da minha banga e passava em frente da velha cascata, essa música me dava asas e eu carregava o nome Bruce com orgulho, distribuindo pontos bons e pontos ruins, baseados e tapas, cervejas e chutes e eu pensava que era realmente como o Batman e gostaria de renomear Gaza Gotham City, isso seria irado.

Eu sei que sou mau, sei que poderia ter te poupado, especialmente quando você se mijou mas, Mo, não era possível, você não se torna rei do gueto assim. Já ouviu falar da história de Mister T? Era ele quem, antes, fazia a lei no bairro. Ele se chamava Kaphet mas, desde o dia em que usou correntonas de ouro no pescoço, se autodenominava Mister T. Contavam que ele tinha matado muzungus com suas próprias mãos, que era contra a França e os franceses, ele sempre dizia *Aqui são as Comores não é a França* e, na parede da sua casa, tinha mandado pintar uma bandeira verde e branca. Contavam que ele conhecia todos os policiais da ilha, o prefeito, os eleitos e que até os cadis* tinham medo dele. Ele mesmo se tatuava com agulhas que aquecia na chama de um fogão a querosene. Não sabia ler nem escrever, esse otário não fumava, também não bebia mas, todas as noites, tatuava padrões em si mesmo com a mão que ia numa velocidade louca, era preciso ver para crer. Ele aspirava o ar com sua boca quase fechada quando fazia sua agulha ficar vermelha na chama azul.

Não basta ter uma reputação e histórias que contam sobre você. Eu não o conheci quando ele era jovem e amedrontava todo mundo. Eu o conheci quando ele acariciava a cabeça das garotinhas e dos garotinhos, quando distribuía leite para as mães sem pedir nada em troca. Me diziam *Aí está o chefe de Kaweni* e eu sentia vontade de rir. Mister T reunia os jovens, falava de construir bangas para eles, falava de limpar o bairro, de voltar pra escola. Ele tinha mandado escrever em uma parede "Educação para acabar com a violência". Mister T deixava acontecer. Os garotos faziam merda, os policiais começaram a fazer batidas e a bater nos clandestinos em suas casas. Os policiais entravam no bairro como se estivessem na casa deles! Imagina isso! Mas Mister T continuava pregando o diálogo, ele não tinha mais reputação, só suas tatuagens e joias. Sabe o que aconteceu com Mister T? Ele foi espancado na própria casa e estrangulado com a própria corrente do pescoço. Ninguém veio chorar, sabe. Ele tinha se tornado um qualquer, não amedrontava mais ninguém.

Eu não queria acabar assim. Entende, Mo, todo mundo te olha quando você é o chefe. Todo mundo te observa para ver se você amolece, se sorri demais, se começa a arrastar os pés, a beber demais, a não estar mais ligado e sempre tem alguém à sua volta, um cara que acredita que pode pegar o seu lugar. Pode ser o Rico, Nasse ou La Teigne. E os pequenos, você sabe o que eles têm na cabeça? *Quando eu crescer, vou ser como o Bruce*, é isso que eles têm na cabeça, esses pirralhos.

Tinha um boato que dizia que eu te protegia, que não mandava você bater nos muzungus nem assaltar, que te deixava vagar por Gaza. Eu ouvia esse boato há um bom tempo mas não prestava muita atenção nele. Pensava que chegaria o dia em que você se tornaria útil para mim, você, seu olho verde, sua cicatriz, sua mochila marrom. Não sei por que coloquei isso na minha cabeça, talvez eu gostasse de você no começo.

Quando você foi para Kani-Kéli por uma semana sem me pedir autorização, eu não queria que pensassem que eu tinha me tornado fraco e que a galera podia fazer o que quisesse no meu bairro e lembrei do Mister T e das cabeças das crianças que ele acariciava e das caixas de leite que ele distribuía com um sorriso. Pensei no jeito que ele morreu, espancado em casa, estrangulado com a própria corrente.

Então, você entende, Mo, eu tinha que te castigar e era preciso que esse castigo permanecesse na memória de todos, que meus tenentes falassem com seus amigos e que eles falassem com os amigos deles e que essa história cobrisse Gaza inteira, agora, amanhã, e que, de novo e para sempre, sentissem medo de mim. Não queria acabar como Mister T.

Mostrei a eles como fazer e depois fiquei olhando. Disse *Podem ir*, eles foram. Disse *Parem,* eles pararam. Disse *Desamarrem ele,* eles desamarraram. Disse *Lavem ele,* eles lavaram. Disse *Vistam ele,* ele vestiram. Disse *Deem bebida a ele,* eles deram bebida. Disse *Vamos meter o pé* e metemos o pé.

Existe essa bela vitória. Apenas eu e meus soldados, meus passos e os deles sobre as folhas secas das amendoeiras, as pessoas se afastando à nossa frente, as crianças nos seguindo a uma distância segura, pulando. Nada pode me alcançar. Me tornei uma estrela. Durante dias e dias, até a noite do mourengué, é a mesma música nos meus ouvidos e acho que nunca vai parar. Eu serei o rei, para sempre.

Você enlouqueceu. Falava sozinho, apontava pro céu com o seu indicador, encontrou seu amigo Stéphane. Mo o Louco, foi assim que começaram a te chamar. Alguns me disseram para me livrar de você mas eu queria que todos te vissem, que todos soubessem o que espera aquele que trai Bruce.

Era melhor eu ter pensado no meu pai e me lembrado de tudo o que ele me ensinou sobre o djinn. Eu deveria saber que nunca conseguiria escapar do seu olho verde, nunca.

# MOÏSE

Às vezes, na minha frente, as árvores de repente se alinhavam, os lixos eram aspirados pela terra, os caminhos se tornavam retos e luminosos, os pássaros desciam das árvores para se colocarem em posição de sentido.

Às vezes, o verde das folhas escorria *ploc ploc* e eu fugia mas então o azul do céu também começava a pingar *ploc ploc* e esse verde e esse azul caíam em mim como um alcatrão espesso e era tão pesado que eu ficava imóvel e sufocado debaixo de todo esse peso.

Às vezes, pelos e dentes cresciam nos homens que trabalhavam na oficina de latoaria e quando eu passava eles começavam a latir.

Às vezes, Bosco aparecia ao meu lado, muito maior, muito mais forte. Eu lhe falava e ele acenava com a cabeça.

Às vezes, tudo era como antes, o cheiro, o calor, o barulho, a poeira, e eu me lembrava que Bosco estava morto e via Bruce e seus tenentes e me lembrava do que tinham feito comigo na banga e eu queria morrer.

Um dia, fui ao local. Era um dia sem céu. Tinha dois caras que eu não conhecia e fiquei do lado de fora olhando esse vazio preto em cima da minha cabeça. Stéphane então chegou, agitou os braços e me devolveu minha mochila. *Você deixou no carro*, ele me disse. Depois, começou a falar sem parar, eu o segui até o local onde havia um forte cheiro de água sanitária. Sentei no chão e talvez tenha dormido, talvez tenha comido mas sei que não falei. Talvez tenha sido nesse dia ou noutro que o Stéphane me falou da sua pistola. Talvez tenha sido nesse dia em que não tinha mais céu ou no outro dia em que as árvores me seguiam que ele me disse que voltaria em breve pra metrópole, que o local ia fechar e ele parecia contente e triste ao mesmo tempo e disse, enquanto atrás dele as árvores se aproximavam para ouvir, disse *Eu sinto muito Mo.*

O tempo passa, o dia depois a noite e tudo isso não tem nenhuma importância.

Naquela noite, quando ouvi os gomas, eu estava no bosque e o Bosco tinha reaparecido novamente. Bosco agora era muito grande, tinha o mesmo pelo curto e manchado de antes mas assustava as pessoas, eu podia ver como elas se afastavam do meu caminho.

O mourengué tinha começado e Rico venceu um garoto que eu não conhecia. Ele dançava e Bosco começou a rosnar. Depois o La Teigne chegou e foi vencido pelo Rico. Bosco se encostava em mim, eu sentia o seu lado carnudo pressionando contra mim, seus músculos se contraíam e relaxavam quando ele respirava. A multidão crescia. Depois, o Bruce entrou na arena e os tambores aceleraram a cadência. Mais forte, mais rápido e, ao apito, com um chute, ele derrubou Rico e a multidão se mexeu como uma grande onda, inflou, subiu alto e caiu aos pés do Bruce, o rei. Bosco me disse *Vai lá, Moïse,* porque o meu cachorro conhecia meu verdadeiro nome e sua voz era firme, sua voz grave e forte de cachorro mágico cobria os gritos da multidão e o tam-tam dos gomas. Quando apareci, Bruce riu com aquela sua risada de selvagem e meu cachorro disse *Que selvagem esse daí.* Então ele rosnou e eu também rosnei enquanto me aproximava do Bruce e o árbitro olhou pro Bruce e disse *O.K.!* enquanto continuava a sorrir com seus dentes de lobo e os cachorros não gostam dos lobos, todo mundo sabe disso.

Bruce começou a dançar sua dancinha pulando e agachando e girava em torno de mim rindo e a multidão também ria, eu os ouvia dizer *O louco! o louco!* Mas então uma coisa incrível aconteceu, Bosco veio para perto de mim e entrou em mim. Em uma perna, na outra, em um braço, no outro, na minha cabeça e no meu coração e eu fiquei muito grande, um grande cachorro com pelo curto e manchado e eu pulei nele, um salto prodigioso que dei de repente enquanto ele ria e ele caiu e meus braços de cachorro bateram em sua cabeça enquanto minhas pernas de cachorro o mantinham apertado e o meu coração de cachorro latia e a minha cabeça de cachorro uivava.

Esse grito que saiu do meu ventre acordou alguma coisa em mim e pensei que era a mesma coisa que acordava quando eu lia o meu livro, quando eu me lembrava da minha casa, quando eu sonhava com Marie. Vi o rosto de Bruce e meu pé na sua garganta e eu sabia que eu precisava desaparecer.

Corri, procurei minha mochila que tinha escondido perto do medidor de água e me lembrei da pistola. Desci a colina antes que me encontrassem e atravessei a estrada de Kaweni e percorri o manguezal e subi na barca sem olhar para trás nem uma vez e, mesmo sentado nos bancos de madeira, não parei de correr na minha cabeça, no meu coração. Não vi Grande-Terre se afastar, não vi se Gaza se transformava em monstro, voltei para cá, dormi na mesa de pingue-pongue, andei antes de o sol nascer até a lagoa Dziani para me lembrar como era, antes, quando eu ia para lá com a Marie e o Bruce apareceu entre as árvores e eu não queria mais aquelas coisas, não queria mais que me derrubassem, não queria mais ser mutilado, não queria mais ser estuprado e saquei a pistola e mal puxei o gatilho.

# OLIVIER

No jardim da minha pequena casa, há hibiscos rosas com corações vermelhos e estames amarelos, um frangipani com flores brancas e aveludadas, alamandas que dão flores amarelo-sol o ano inteiro, um arbusto espesso de loendros e, em uma parte do muro, trepam buganvílias fúcsia. Passo horas aqui, podando, aparando, cuidando, removendo pulgões um por um, cuidando, alimentando, regando, protegendo. Passo uma parte da minha vida aqui, observando, maravilhado com as cores, formas e aromas como um turista recém-chegado. Eu me prostro diante da delicadeza das veias das flores e da suavidade de suas pétalas, observo as borboletas, os beija-flores, os pardais e os bulbuls. Todas as manhãs, quando volto de uma noite na delegacia, fico imóvel neste jardim e tenho a impressão de criar raízes, de me colorir com esses tons intensos e inalterados e, todas as manhãs, sinto como se pertencesse, um pouco, só um pouquinho, a esta terra.

Mas nessa tarde, quando finalmente volto depois de vinte horas na delegacia, esse jardim me parece uma impostura, um clichê, um cartão-postal para turistas. Vou ao jardim e, sob o sol metálico e ardente, espero ficar comovido, espero ser purificado, examino as flores com os olhos, atento aos pássaros, espero ser acalmado, espero ser consolado.

O corpo de Bruce foi levado ao necrotério do hospital de Dzaoudzi. Não é exatamente um necrotério, mas um local afastado dos edifícios principais. Três ares-condicionados ligados no máximo servem para resfriar a sala. Bacar e eu fizemos o melhor que pudemos para não divulgar o caso mas, quando descemos a colina com o corpo do Bruce dentro da capa, já havia uma aglomeração em volta dos veículos dos bombeiros. As pessoas perguntavam a todo momento *Quem é?* e Bacar disse É um turista. Há pouco, um jornalista do diário de Mayotte ligou pra delegacia pedindo informações sobre o corpo encontrado no lago. Não sei quanto tempo vamos conseguir manter o silêncio, fingir que nada aconteceu, fingir que é apenas mais um acontecimento qualquer.

Penso no Moïse, penso no Bruce e de repente me ocorre esse pensamento insustentável de que eles se parecem. O mesmo tamanho, o mesmo formato da cabeça, os mesmos lábios carnudos, os dois rostos emaciados. Disseram que aqui todo mundo é primo e que o sangue que corre no oceano entra na areia, na terra, alimenta os rios e as plantações. Minha pele queima, minha cabeça vai explodir e olho para as minhas flores. Será que são tão bonitas porque se alimentam de carne? Será que são tão coloridas porque se enchem de sangue? Meu coração dispara e antes que eu fique louco, antes que as flores se transformem em mãos, os galhos em braços, os troncos em corpos, pego a pá e bato no vermelho, esmago o branco aveludado, derrubo o amarelo-sol, mato o rosa, calo o fúcsia para sempre.

— Olivier! Olivier!

É Bacar. Ele tem as chaves da minha casa, assim como eu tenho as dele. Quando saio de férias, ele vem todo dia regar minhas plantas e verificar se não fui assaltado. Quando ele está ausente, sou eu quem vai na casa dele.

Ele me olha com tanta tristeza que tenho vontade de chorar. O que vamos fazer, Bacar? quero perguntar a ele. O que vamos fazer para consertar isso tudo?

Ele me entrega uma folha de papel e me diz:

— O comandante tentou te ligar várias vezes, mas você não atendeu o telefone. Precisamos levar o pequeno ao tribunal.

— Agora?

— Sim, agora. Toma, olha.

— O que é isso?

— É um artigo que apareceu na internet há uma hora.

O artigo em questão tinha algumas linhas e havia sido postado às quinze horas e cinquenta e cinco minutos. Eu o li enquanto seguia o Bacar até o carro.

ADOLESCENTE MORTO A TIROS NESTA MANHÃ

Um adolescente foi morto a tiros nesta manhã em Petite-Terre. Segundo nossas informações, seria um indivíduo chamado Bruce, um líder de gangue bem conhecido pelos habitantes de Gaza, a favela na periferia da capital Mamoudzou. Esse seria o primeiro homicídio por arma de fogo no departamento mais jovem da França e, ainda segundo nossas fontes, Bruce ainda seria menor de idade.

Nos últimos anos, Mayotte tem enfrentado um aumento preocupante da violência e da criminalidade. O centésimo primeiro departamento, apelidado de ilha dos perfumes ou ilha da lagoa, também enfrenta uma pressão migratória constante vinda das Comores, de Madagascar e até de alguns países africanos. Quase vinte mil pessoas foram repatriadas em 2014, mas os kwassas kwassas continuam chegando diariamente nas costas de Mayotte. Quinhentas e noventa e sete embarcações foram interceptadas em 2014. Estima-se que três mil menores desacompanhados vivam permanentemente no centésimo primeiro departamento da França, sem fé nem lei.

S.R.

Olhei pro Bacar que estava com dificuldades para ligar o carro. Ele tremia.

— Temos que afastar esse pequeno. É uma criança.

— Sim, o prefeito recomenda sua transferência para a Ilha da Reunião, mas ele deve ser apresentado ao juiz primeiro, e o juiz está no tribunal em Mamoudzou.

— Temos que agir rápido então, antes que fiquem sabendo.

Bacar se voltou para mim e eu sabia o que ele ia me dizer, eu sabia o que meu amigo de vinte anos pensava. Nesse mesmo momento, Gaza inteira já estava sabendo da morte do Bruce e preparava a guerra. Dobrei o papel, o carro ligou e, pela décima vez no dia, fechei os olhos e rezei.

# BRUCE

Não adormeça, Mo, não descanse, não feche os olhos, ainda não acabou. Estão te procurando e, se for preciso vasculhar todos os buracos deste país para te encontrar, eles estão prontos para isso. Você está ouvindo esse barulho, parece o rolamento de barris vazios, parece o trovão em janeiro, mas você está enganado se acha que é isso. Se prepare, Moïse, ainda não acabou. Você correu até aqui como um covarde depois de ter me matado, te colocaram nessa cela bem protegida, bem fresquinha mas você está ouvindo esse barulho, está sentindo como a terra está tremendo? Nada te protegerá da raiva de Gaza, nem os muzungus, nem as paredes, nem o mar, nem o djinn, nem os policiais, nem os bombeiros, nem Stéphane, nem os livros, nem o seu velho cachorro podre que eu arrebentei com chutes, nem suas histórias de criança e de rio.

Escute o barulho do meu país que ruge, escute a raiva de Gaza, escute como ela rasteja e canta rap até a gente, você está ouvindo essa música *nigga*, está sentindo a brasa contra o seu rosto marcado. Olha, Mo, olha com o teu olho de djinn da desgraça. Estão vindo para me vingar.

Estão vindo atrás de você.

# MARIE

Tem que acreditar em mim. Aqui, eu sou uma lembrança que surge, uma sombra que se deita no crepúsculo, uma névoa no canto do olho. Giro com o vento mas não queimo mais ao sol. As horas e os dias e os anos passam nesse mesmo caminho sem cor, sem relevo, sem luz. As mentiras e os sonhos não existem mais. Só a vida e o inferno dos outros subsistem.

Ouço o clamor e a fúria que aumentam nas vielas de Gaza. Sinto o chão vibrar com todos esses passos que martelam o chão das ruas de Gaza. Algo se aproxima mas meu filho ainda não sabe.

Olho pro Moïse deitado no chão da cela. Ele está cansado dessa viagem ao inferno que começou no dia em que caí no chão da cozinha. O outro garoto, aquele que não ficava no lugar, aquele que não queria acreditar que estava morto, quer ir embora mas não pode. Ele ainda não entendeu que não é ele quem decide.

O silêncio em torno de Moïse lhe faz bem, ele olha o céu azul e imóvel pela janela e se lembra da palavra que estava procurando agora há pouco: um *trompe l'oeil.*[11] Ele fecha os olhos.

Seus pensamentos giram como os efemerópteros no final do inverno austral. Ele imagina o momento em que poderá novamente deslizar os braços entre as alças de sua mochila, dar um leve impulso com os rins para ajustá-la, apertar as tiras e sentir aquele peso familiar nas suas costas. Pensa na maneira como o policial falou com ele há pouco. Ele se pergunta quanto tempo vai ficar ali, nessa cela grande e quadrada. Pensa que poderia ficar semanas ali, até anos, e que se contentaria com esse céu azul e esse chão fresco de concreto.

Um pensamento após o outro. Ele pensa em mim e me revê uma noite no Nassuf com o meu lenço de seda azul e verde. Estou dizendo a ele, rindo, diante dos pratos fumegantes de peixe com leite de coco *Mas isso não é uma profissão, plantador de coral!* A lembrança de mim, de nós dois juntos, não o faz mais tremer. Ele sorri levemente e a cicatriz que risca seu rosto mal se move. Seu estômago ronca mas ele não tem vontade de comer, agora ele

---

[11] Recurso técnico-artístico empregado com a finalidade de criar uma ilusão de ótica, como indica o sentido francês da expressão: *tromper*, "enganar", *l'oeil*, "o olho". *Trompe l'oeil.* In: Enciclopédia Itaú Cultural. Disponível em: https://enciclopedia.itaucultural.org.br/termos/80192-trompe-l-oeil. (N. t.)

gosta de resistir ao próprio corpo, de se sentir independente dele. Quando pensa no juiz de menores que o receberá daqui a pouco ou amanhã, ele se vê num lindo escritório em frente a uma mulher com um rosto parecido com o meu.

Lá fora, de repente, as rodas de um veículo rangem sobre o cascalho. Portas batem. Há gritos de pressa, de impaciência.

Os pensamentos de Moïse desaceleram, vejo seus contornos se encolherem para dentro, se fecharem sobre si mesmos, eles murcham de medo, transformam-se em bolas pesadas que caem uma por uma no chão, sem fazer barulho.

Moïse se levanta e fica no retângulo esticado de luz. Ele fecha seus dedos em volta de uma pistola imaginária, aponta o indicador pra própria têmpora e diz *Bum.*

# MOÏSE

O policial me pega pelo braço direito, o bombeiro pelo esquerdo e eles me levantam como se eu fosse apenas um pedaço de madeira seco e vazio por dentro. Quando os meus pés deixam o chão, eles param por um microssegundo e se olham com surpresa como se esperassem outra coisa, que eu fosse mais pesado, que protestasse, sei lá.

Tenho vontade de perguntar ao policial se posso pegar minha mochila de volta mas o seu rosto está vermelho e ele está suando muito. Sua camisa está molhada e, aos poucos, seu cheiro doce e acre chega ao meu nariz. O bombeiro, de uniforme, pega o volante mas, antes de ligar o carro, ele me olha pelo retrovisor. Seu olhar é tão doce que isso me é insuportável. Abaixo os olhos.

— Moïse?

— Sim.

— Vamos te levar pra ver o juiz mas você não sai do carro antes de chegar no tribunal. Mesmo na balsa, a gente fica no carro, entendeu? Caso contrário vou te algemar.

— Estão me procurando, não é?

O policial não me responde, apenas bate com a palma da mão no assento do motorista. O bombeiro arranca a toda velocidade.

No carro fora de estrada vermelho, faço como fiz tantas vezes em Gaza. Sento com os joelhos bem juntos, as mãos entre as coxas, encolho a cabeça nos ombros, olho para os meus pés. Tomo longas inspirações, as seguro o maior tempo possível, solto o ar lentamente. Eu me torno pequeno, tão pequeno quanto uma pedrinha inútil.

Gosto de pensar que, se olhasse para fora, veria as mesmas coisas de antes, quando eu vivia em Petite-Terre com a Marie e o Bosco. A perspectiva quase perfeita do aeroporto à esquerda, logo depois o clube de judô, as belas calçadas bem alinhadas, essa estrada que sempre parece recém-asfaltada, preta e lisa, a chuva de tecidos de todas as cores pendurados na varanda da pequena loja de lata, o cheiro de batatas fritas do Maoré Burger, o gramado seco e raso antes do terminal, as palmeiras ao vento, os aviões brancos e azuis contra o horizonte. Poderia ver o caminhão de pizza ao lado dos correios com sua promoção permanente "Compre quatro pizzas, ganhe uma", as buganvílias exuberantes na entrada do restaurante chinês e as bwenis deitadas ao lado de seus páletes de tomates e bananas. Gosto de pensar que avistaria pela última vez meu amigo Moussa, voltando da escola, ansioso para ouvir os mgodros e mexer a bunda. No Abattoir, ainda haveria aqueles velhos bacocos*, nos pontos cegos das curvas, que não falam uma palavra de francês e vendem flores de jasmim a um euro o feixe. Na pequena baía ao lado do cais dos pescadores, com certeza haveria crianças e, no estacionamento, os pescadores estariam ali afastando as moscas de seus tesouros de pesca com pedaços de papelão: capitães, papagaios, bonitos, atuns brancos.

Quando o carro acelerou no boulevard dos Caranguejos, imaginei o vento no meu rosto, o mar dos dois lados da estrada que seria azul e verde e que viria bater o coração preto das pedras.

A essa hora da tarde, certamente já haveria a fumaça azul dos churrascos e as dezenas de táxis no estacionamento do píer. Mais longe, se eu pudesse olhar para fora, teria visto a barca se aproximando. Então eu teria esperado contando, como Marie, na palma de sua mão, na carne espessa de suas falanges, os segundos que passariam antes de ouvir a sirene do barco, 1 2 3 no dedo mínimo, 4 5 6 no anelar...

Na barca, Olivier, o policial, diz para eu ficar com a cabeça abaixada e isso não me incomoda. Sinto o zumbido do motor da embarcação sob meus pés e o movimento das ondas. Imagino sob a água, no fundo, os sulcos invisíveis traçados pelos dugongos e celacantos e, ainda mais abaixo, esses animais com grandes bocas e dentes em forma de garras que vivem apenas na escuridão do oceano. Nesse embalo agradável, parei de pensar em Bruce, Marie, Bosco, na casa. Pensei num garoto que nasceu há quinze anos numa ilha das Comores e que poderia ter tido outra vida se tivesse nascido com dois olhos pretos. Eu me perguntei o que esse garoto poderia ter feito para quebrar suas correntes, para contornar o seu caminho que começou na violência, na ignorância e no nojo. Eu me perguntei se, na verdade, esse garoto não estava condenado desde o início e, com ele, todos os garotos e garotas nascidos como ele, no lugar errado, na hora errada.

Pensei nos longos minutos passados nadando na baía de Bandrakouni, na água aveludada que tinha me abraçado docemente, docemente. Talvez eu devesse ter continuado a nadar naquele dia, a jogar os braços e as pernas do jeito que ainda sei fazer, a nadar mais e mais até chegar em uma terra que acolheria um garoto como eu.

A sirene soa ao chegar na baía de Mamoudzou e a balsa atraca. O bombeiro liga o carro novamente e, lentamente, o carro desce a passarela rangente, depois sobe no píer. Olivier me diz *Isso, fica com a cabeça abaixada*. Olho para ele de lado, ele parece preocupado mas sorri para mim e sussurra *Está tudo bem Moïse.* Então ele faz esse gesto, estende o braço em minha direção e sua mão cobre a parte do meu rosto que está marcada. Sua pele é fresca sobre a minha cicatriz e não a sinto mais repuxando, ela nem existe mais nesse instante e eu gostaria que ele deixasse a mão sobre o meu rosto mais um pouco, só um pouco. O carro continua avançando na fila de veículos, percorre o caminho de terra vermelha, passa pelo mercado, logo encontrará a estrada principal. À direita está Gaza, à esquerda está o tribunal, depois Passamainti, Dembeni, Bandrele, Kani-Kéli e, durante todo esse tempo, Olivier manteve sua mão, talvez eu esteja apoiando levemente minha cabeça em sua palma, como Bosco costumava fazer quando tentava prolongar um carinho, mas de repente ele inspira ruidosamente, retira a mão do meu rosto e diz *Que porra é essa?* e eu sei.

Não estou mais com a cabeça abaixada. Olho lá fora porque no instante em que tudo está prestes a acabar não temos mais escolha. O que vejo é irreal e na sua irrealidade, na sua lentidão, sua profundeza e sua escuridão, se torna magnífico.

À minha direita, o manguezal parece se mexer, tremer, se mover. Dos mangues com folhas verdes e galhos entrelaçados nessa areia-terra-mar emergem dezenas de crianças. Elas não correm, não estão com pressa, é como se estivessem em câmera lenta. Estão vestidas com shorts e camisetas, suas pernas são cor de cinzas, suas bocas estão fechadas mas suas mãos seguram bastões. Ao longo da estrada que leva a Gaza, barris rolam em nossa direção rugindo e atrás de cada barril há crianças e jovens. Na nossa frente, outras crianças esperam, nos recantos da colina vermelha. À esquerda, descendo da praça Mariage e dos degraus do prédio administrativo onde flutua uma bandeira azul branca vermelha, jovens sem camisa avançam em nossa direção. Eles seguram machetes e também caminham lentamente.

Há esse curto momento de silêncio em que, na luz amarela da tarde, só se movem o manguezal, a terra, a colina e as crianças de Mayotte.

Os veículos começam a buzinar, alguns querem sair da fila, outros querem recuar, Olivier e o bombeiro começam a gritar nos seus telefones. Suas palavras são cortadas quando chegam aos meus ouvidos *reforços, jovens, Gaza, tumultos, guerra* e só entendo parcialmente essas palavras. Estou fora do meu corpo, estou dentro do carro mas também estou fora, não sei se é o medo que faz isso ou se é a loucura que me possui mais uma vez.

Logo, essa armadilha móvel que nos cerca começa a abrir a boca e dessa boca gigante sai apenas um som, uma única sílaba. MO! E os bastões batem no chão. MO! E os machetes cortam o ar. MO! E as crianças agitam seus punhos cerrados sobre pedras. MO! A armadilha se espalha como um polvo gigantesco ao nosso redor. MO!

Não sei o que me dá, é como um desejo grande como o mar de não me submeter, de não os seguir, de não me curvar desta vez e, enquanto o cheiro acre e doce do Olivier enche o espaço, enquanto o bombeiro pega um taco debaixo do seu assento, eu pulo para fora do carro. Escuto a voz do Olivier que grita *Moïse* mas não olho para trás. Corro em direção ao mar. Atrás de mim, o manguezal, a colina e toda a estrada que leva até Gaza explodem ao mesmo tempo com um estrondo monumental.

MO!, todos gritam.

Eu não paro, essa noite é a guerra, essa noite é o banquete dos lobos e ninguém poderá me proteger dessa matilha. Ziguezagueio entre os carros, vejo rostos surpresos atrás dos vidros, pessoas escondidas entre as rochas mas não paro, corro em direção ao mar que me trouxe até aqui. Não tenho medo enquanto meus pés batem na terra, sinto o vento salgado e quente chicoteando meu rosto, ouço a fúria atrás de mim, não é como antes quando tudo desmoronava dentro de mim, quando eu não sabia mais quem era nem como me chamava. Não, enquanto eu alcanço o oceano, não tenho mais medo.

Me chamo Moïse, tenho quinze anos e estou vivo.

Quando vejo o cais e acelero, sou empurrado pelo sopro de chacal da matilha, por essa vida de merda que eu quero lavar, penso na Marie, penso no Bosco e no Gatzo e no Pascalet e me parece que estão aqui, correndo comigo, me dando força, me levando. Sinto o chão mudar, não é mais a terra mas a dureza do concreto do cais debaixo dos meus pés. Não vejo os outros, não tenho mais medo desses outros, armados com facões, porretes e pedras. Estou quase chegando ao fim mas não tenho medo, esse azul maravilhoso, brilhante, esse azul que talvez só exista aqui nesse oceano, me chama. Sem desacelerar, faço então como toda criança de Mayotte pelo menos uma vez na vida, faço meu corpo decolar da ponta do cais, meu peito se expande, minhas pernas e meus braços se levantam. Mergulho na enseada de Mamoudzou, divido o oceano com meu corpo flexível, meu corpo vivo, e não retorno à superfície.

AGRADECIMENTOS

Este romance não teria existido sem a ajuda preciosa e a amizade de Emmanuel Baffour e de Olivier Neis.

Obrigada àqueles que me acompanharam e me contaram com sinceridade sobre sua ilha e cotidiano: Magnélé, Bacar, Moussa, Chebani, Chamsidine, Scott e todos os adolescentes que não quiseram ser identificados.

Obrigada também a Éléonore Baffour, Marie Colamarino, Philippe Demanet, Guy Goffette, Laurence Mayerfeld, Maud Simonnot e Anne Sorensen.

Este livro foi composto nas fontes
Source Serif [texto], Mouron e Rousseau Deco [títulos],
impresso pela gráfica Eskenazi em papel Pólen Bold 80g
e diagramado pela BR75 texto | design | produção.
São Paulo, 2025.

# GLOSSÁRIO

| | |
|---|---|
| *Bacoco* | Homem velho. |
| *Banga* | Casa de lata reservada aos adolescentes. |
| *Bweni* | Mulher. |
| *Cadi* | Juiz muçulmano. |
| *Caribou* | Bem-vindo. |
| *Kofia* | Chapéu comoriano bordado. |
| *Mognye* | Senhor. |
| *Mourengué* | Combate ancestral com as mãos nuas. |
| *Muzungu* | Estrangeiro. |
| *PAF* | Polícia nas fronteiras. |
| *Sousou* | Prostituta. |